Verena Grüneweg
Karin Pfolz

Hexenschatten

Thriller

Verena Grüneweg

Karin Pfolz

Hexenschatten

Thriller

Bibliografische Information der Nationalbibliotheken:
Die Deutsche Nationalbibliothek verzeichnet diese Publikation in der Deutschen
Nationalbibliografie; detaillierte bibliografische Daten sind im Internet über
http://dnb.dnb.de abrufbar.
Die Österreichische Nationalbibliothek verzeichnet diese Publikation in der
Österreichischen Nationalbibliothek

Impressum:
1.Auflage, für Verein „Respekt für Dich" – Autoren gegen Gewalt
Mail: respektfuerdich@gmx.at
Cover by Karina-Verlag / Coverbild © by Karin Pfolz
Illustration © Karin Pfolz
Autoren: © Verena Grüneweg, Karin Pfolz
Überarbeitung, Layout, Design: Karin Pfolz, Karina-Verlag

August 2014, Vienna, Austria,Karina Verlag, Vienna.

ISBN 978-3-9503862-2-6

karina.bookoffice@gmail.com

Verena Grüneweg

Hexenmaske

Hexenmaske

Jeder im Dorf kannte sie. Für viele war sie eine Spinnerin, anderen schien sie einfach nur unheimlich. Beliebt war sie hier nicht. Eltern hielten ihre Kinder vor ihr fern und wichen ihr aus. Aber Gespräche über sie gab es jede Menge. Häufig sah man die Einwohner zusammenstehen und über sie tratschen. Statt ihren Namen zu nennen, wurde sie nur die Hexe genannt. Warum, das ließ sich leicht erklären, denn die Menschen hier waren „einfach gestrickt".

Eine Frau im Dorf trug Jeans mit einer Bluse; vielleicht noch eine zarte feine Kette und die Haare zusammengebunden. Aber sie trug ihre langen roten Haare offen. Trug nur schwarze Kleider. Ihr war Schmuck auffällig, ein Pentagramm hing ihr an einer langen Kette um den Hals – definitiv ein Hexenzeichen. All das sorgte dafür, dass das Gerede über sie nicht verstummte.

Vorwerfen konnte man ihr nichts, freundlich war sie immer. Aber mehr als ein Lächeln, ein leises `Moin´ kam nicht über ihre Lippen. Geschweige, dass sie an irgendwelchen Festen im Dorf teilnahm. Ein Schwätzchen mit der Nachbarin halten gab es bei ihr nicht. Sie erzählte nie etwas von sich. Es war unmöglich etwas über sie zu erfahren.

Gut, die Dorfbewohner waren nicht immer fair zu ihr gewesen. Kinder hatten einmal Steine in ihre Fenster geschmissen und ihre Hauswand beschmiert. Doch ernst konnte das nicht genommen werden. Kinder spielten eben nun mal Streiche. Mehr war es doch nicht gewesen! Wirklich unverständlich war *ihre* Reaktion! Sie hatte nicht mit den Eltern geredet, geschimpft oder gar die Polizei informiert. Nichts dergleichen. Ohne ein Wort ließ sie die Scheiben auswechseln und die Kritzeleien entfernen. Ihr Verhalten war unheimlich, nicht normal!

Ihr Name war Emelie und sie hatte mit ihren fünfunddreißig

Jahren mehr erlebt, als so manch anderer Mensch ertragen konnte. Das Leben hatte es nicht immer gut mit ihr gemeint. Sie hatte gelernt damit zu klarzukommen und versuchte nach vorne zu schauen.

Vor langer Zeit war sie ein fröhlicher Mensch, wie die anderen hier im Ort. Ihre Kleider waren bunt und sie liebte das Leben, mit allem, was es beinhaltete. Bei jedem Fest war sie die Letzte, die immer noch auf der Tanzfläche stand und sich der Musik hin gab. Sie hatte gerne und viel gelacht. Das Glück war ihr Dauergast. Immer hätte es so weiter gehen können, dann jedoch kam dieser eine Tag.

Dachte sie heute an ihr früheres Leben zurück, kam es ihr vor, als wären all ihre Erinnerung nur ein Trugbild - das ihr Gehirn ihr vorgaukelte. Das, was für sie heute Realität war, war die Erinnerung an den Abschiedskuss ihres Mannes, das Lachen ihrer Kinder. Ihre kleine Tochter, die rief: »Bis gleich, hab dich lieb Mama.«

Es sollte das Letzte sein, was sie von ihr hörte. Schemenhaft erinnerte sie sich an die Polizistin, die an der Haustür klingelte. Ihre Worte, einfach nur Bruchstücke. Unfall, der Unfallverursacher betrunken, alle tot ... es tut uns leid. An mehr erinnerte sie sich nicht. Sie brach weinend zusammen, genauso wie das Kartenhaus ihres Lebens.

Sie wollte nicht mitleidig angestarrt werden oder dass jemand hinter vorgehaltener Hand tuschelte. Auch Beileidswünsche ertrug sie nicht mehr. Ein Jahr nach dem Unfall war sie umgezogen. Weit fort von der Heimat, an einen Ort, wo sie niemand kannte.

Der Ort Ochtersum mitten in Ostfriesland gefiel ihr. Ein friedliches Dorf, in das sie sich zurückziehen konnte. Zuerst hatte sie noch Kontakt zu den anderen Einwohnern gesucht. Ein

Lächeln, ein Hallo, zu mehr hatte es ihrerseits noch nicht gereicht. Sie war freundlich zu ihnen. Allerdings bemerkte sie sehr schnell, dass es sinnlos war. Sie sah die Blicke der anderen, wenn sie an ihnen vorbei ging. Sie sprachen Bände, Worte brauchten sie nicht. Warum sollte sie versuchen, akzeptiert zu werden? Wozu? Also zog sie sich immer mehr in ihre eigene traurige, trostlose und düstere Welt zurück. Der Glaube an ihre Religion und ihre Tiere wurde zu ihrem Lebensinhalt. Das alleine hielt sie davon ab, dieser Welt für immer den Rücken zu kehren.

In den letzten Wochen war die Abneigung gegenüber Emelie immer mehr zu spüren. Die Leute scheuten sich nicht mehr zu zeigen, was sie von ihr hielten. Waren es am Anfang nur Blicke und einzelne Worte gewesen, begannen nun die Kinder sie immer öfter quälen. Vor einigen Tagen hatte eine alte Frau ihr ›Hexe‹ hinterhergezischt. In der Nacht darauf hing eine tote Katze an ihren Zaun.

Es wurde immer schlimmer und Emelie merkte, dass die Zeit gekommen war, diesen Ort wieder zu verlassen. Ihre Ruhe fand sie hier nicht, schon gar nicht um glücklich zu werden. Gleich Morgen würde sie beginnen, sich um alles zu kümmern, um diesen Schritt zugehen. Heute Nacht jedoch war Vollmond. Sie liebte diese Nächte und das Licht des Mondes. Es waren die wenigen Stunden, die ihr Frieden und Ruhe brachten.

Vollmond, eine super Nacht, um eine richtig tolle Party zu feiern, dachte sich Dieter. Der Sommer würde bald vorbei sein. Er hatte die Schule beendet und im August begann seine Lehre beim Bauern Ewald Lenz. Allein der Gedanke daran, wie seine Zukunft aussah, ließ ihn mürrisch dreinblicken. Das war nicht das, was er sich erträumt hatte. Seinen Zukunftswunsch, Friseur in Berlin mit eigenen Laden, behielt er lieber für sich. Er wusste, was von ihm erwartet wurde. Er war der einzige Sohn. In sechs Jahren würde sich sein Vater zur Ruhe setzen. Den Hof, seit Generationen im Besitz der Familie, sollte Dieter weiterführen, eine Landwirtstochter heiraten, Kinder zeugen, vor allem einen Stammhalter, seine Frau betrügen und nach Jahren der Langeweile die Augen für immer schließen. So war nun mal das Leben hier. Illusionen brauchte er sich keine machen.

Das war die Zukunft, doch heute war jetzt und nun. Er würde feiern und hoffentlich die Nacht seines Lebens erleben.

Der Mond strahlte hell und spendete optimales Licht für die Party. Schnell hatte diese ihren Höhepunkt erreicht. Alle Jugendlichen aus dem Dorf waren gekommen und der Alkohol floss in Strömen. Jeder von ihnen lachte und tanzte ausgelassen. Besser konnte es wirklich nicht laufen. Dieters Laune war so gut wie schon lange nicht mehr. Nicht zuletzt weil Marjam, sein großer Schwarm, zu der Feier gekommen war. Die kleine Blonde hatte es ihm wirklich angetan. Man, war die sexy, die konnte jeden haben! Ja, es stimmte schon, sie war erst fünfzehn. Eigentlich bedeutete das, dass sie für ihn viel zu jung war. Aber wenn er sah, wie viel Alkohol sie trinken konnte; Wahnsinn, mehr wie ein alter Seebär. Den ganzen Abend über hatte er versucht, ihre Aufmerksamkeit auf sich zu ziehen. Egal wie lustig er war und was für tolle Sprüche er von sich gab, sie ignorierte ihn vollkommen. Etwas Außergewöhnliches musste passieren. Irgendwas …

Kurz vor Mitternacht machte Emelie sich zu einem Spaziergang auf den Weg. Die Temperatur war mild und sehr angenehm. In der Ferne hörte sie den Ruf einer Eule, kurz darauf ein Rascheln im Unterholz. Auch die Tiere genossen diese Nacht, ebenso wie sie. Es schien, als würde es einer der schönsten Nächte vom ganzen bisherigen Sommer werden. Tief atmete sie die frische saubere Luft ein. Wie gut das gemähte Gras und der herannahende Herbst rochen.

Emelie schaute zum Mond hinauf. In solchen Nächten war sie ihrer Familie ganz nahe. Sie dachte traurig zurück an die Zeit, wie sie früher gewesen war. Die Gesichter ihres Mannes und ihrer Kinder erschienen vor ihren Augen. Immer mehr Erinnerungen stiegen in ihr hoch. Wie sie jeden Abend ihren Kleinen das Gutenachtlied vorsang. Ganz vertieft lief sie, leise summend, die Straße zurück zu ihrem Haus. Es war schon spät und es wurde Zeit, schlafen zu gehen. Plötzlich wurde sie durch laute Musik und Gelächter aus ihren Gedanken gerissen. Sie kannte das bereits. Wieder einmal ein Trinkgelage, wie fast jedes Wochenende. Einerseits hatte sie Verständnis für die Jugendlichen, es gab ja nicht viel, was sie unternehmen konnten. Andererseits hatte sie durch Alkohol ihre Familie verloren. Der Unfallverursacher hatte die Wahl gehabt, ob er trinkt oder nicht. Für ihre Familie hatte es diese Auswahl nicht gegeben. Sie versuchte, keinen Hass zu empfinden, es würde nichts ändern. Um damit klarzukommen, was geschehen war, war es leichter es als Schicksal anzusehen. Langsam wurde ihr kalt und sie war froh gleich wieder in ihrer warmen Stube zu sein.

Timo, Dieters bester Freund, hatte Emelie im Mondschein laufen sehen. Niemals hatte er mit ihr gesprochen. Er kannte sie eigentlich gar nicht. Trotzdem fühlte er eine starke Abneigung. Immer wieder hatte er den Gesprächen seiner Eltern über sie gelauscht. Was sie sagten, war keineswegs vorteilhaft gewesen. Auch er war ein Außenseiter im Dorf; für viele von seinen Schulkameraden war er einfach nur Luft. Ein Niemand. Nur Dieter redete ab und zu mit ihm. Für Timo war er der einzige Freund.

Das war auf der Party auch nicht anders. Selbst Dieter opferte nicht viel Zeit für ihn, war er doch ständig hinter Marjam her. Dies erschien nun Timo eine gute Gelegenheit zu sein, die Aufmerksamkeit auf sich zu ziehen. Eifrig lief er zu Dieter, um ihm zu erzählen, was er gerade entdeckt hatte: »Hey Alter, haste gesehen? Da lief gerade unsere Dorfhexe. Wer weiß, was die für ne Voodoo Show abgezogen hat.«

Dieter hatte keine Lust, mit Timo über Emelie zu reden. Er hatte Wichtigeres zu tun und versuchte das Gespräch kurz zu halten. Leicht genervt erwiderte er: »Timo, das ist doch Quatsch, es gibt keine Hexen.«

Timo jedoch ließ sich nicht so leicht abwimmeln. Er sprach extra laut: «Denkst du! Ich kann mir vorstellen, dass die gerade auf dem Friedhof war und alle verflucht hat. Die ist doch stinksauer, du weißt schon, wegen der Schmierereien und der toten Katze.«

Langsam kotzte Dieter das Gerede von Timo wirklich an. Glaubte er doch nicht an diesen ganzen Hokuspokus. Völliger Blödsinn! Gerade als er Timo den Rücken kehren wollte, bemerkte er Marjam neben sich. »Weißt du Dieter, früher hat man die Hexen gefoltert. Mit Feuer und so. Wenn sie keine Hexen waren, starben sie in den Flammen und ihre Seelen wurden gerettet. Waren sie aber welche, empfanden sie keine Schmerzen und überlebten unbeschadet. Wäre doch interessant, das bei unserer Hexe auszuprobieren.«

Timo starrte Marjam mit offenem Mund an. Es war ihm anzusehen, dass er wirklich darüber nachdachte. Dieter fühlte sich nicht mehr wohl in seiner Haut. Die anderen hörten grinsend zu. Marjams Idee schien ihnen zu gefallen!

»Komm Dieter, sei kein Frosch. Ich mein nicht, sie wirklich verbrennen. Eher so ein bisschen mit Feuer ängstigen. Nur so zum Spaß. Einfach mal gucken, wie sie reagiert.«

Mirjams Stimme war leise und sehr ruhig. Dieter behielt das

mulmige Gefühl. Das vor seiner Traumfrau zuzugeben, nein das konnte er nicht. Was sollte er tun? Die Stimmung begann zu brodeln. Die Schmierereien waren ja noch ganz lustig, bei der Sache mit der toten Katze war er nicht dabei gewesen. Das jetzt fand er überhaupt nicht gut. Am liebsten wäre er nach Hause gegangen.

Emelie hatte ihr Haus noch nicht erreicht. Sie hörte die Stimmen immer näherkommen. Das gefiel ihr nicht. Unruhe und Angst krochen in ihr hoch. Der grausame Streich mit der Katze ging ihr durch den Kopf. Sie lief immer schneller, doch die anderen kamen näher. Fast hatten sie die Hexe erreicht und die Aufregung stieg. Wo sie vorher gesungen und gelacht hatten, war auf einmal Stille. Es war wie in einem Film, ein sehr schlechter Film, in dem Dieter mitspielte. Ihm war klar, das war die letzte Chance das nahende Unheil aufzuhalten. Er versuchte, etwas zu sagen und seine Freunde zu stoppen.

»Schnappt sie euch!«, gab Mirjam mit schriller Stimme den Startschuss zur Jagd.

Das erste was Emelie fühlte waren Schmerzen, wahnsinnige, kaum zu ertragende Schmerzen. Mit einen Wimmern, das wie von einem kleinen gequälten Hund klang, war sie aufgewacht. Ausgestreckt lag sie auf dem Waldboden. Sie versuchte sich umzuschauen, aber es war ihr fast nicht möglich den Kopf in irgendeiner Richtung zu drehen. Sich mit den Händen abzustützen, um sich aufzurichten, scheiterte. Denn diese fühlten sich taub an und ließen sich kaum bewegen. Als sie es erneut versuchte, steigerten sich auch hier die Schmerzen ins Unermessliche. Dennoch drehte sie ihren Kopf vorsichtig nach rechts. Das, was sie sah, ließ ihr vor Entsetzen den Atem stocken.

Ein Mensch lag neben ihr. Der Körper und das Gesicht vollkommen verbrannt. Nicht mehr erkennbar, wer er oder sie gewesen war. Sie schrie auf und mit ihrem Schrei kamen auch Bruchstücke der Erinnerungen zurück. Sie hörte Geschrei und Gelächter, sah Masken um sie herum, ein blitzendes Messer, Feuer und empfand unerträgliche Schmerzen. Danach musste sie das Bewusstsein verloren haben. Sie schaute ihre Hände an und verstand. Einzig eine verbrannte Masse war von ihnen übrig geblieben. Blut aus unzähligen Schnittwunden lief ihre Arme und Beine herunter. Sie versuchte noch einmal, aufzustehen. Ihr Körper war ein einziger Schmerz. Doch sie musste Hilfe holen! Der Mensch neben ihr würde sonst nicht überleben.

Endlich hatte es Emelie geschafft aufzustehen. Die Brandstelle glühte noch. Der Wald, den sie bis gestern geliebt hatte, war ihr Feind geworden. Vorsichtig bewegte sie sich vorwärts. Sie schrie vor Schmerzen auf, als sie sich zur Straße schleppte. Bis zum Dorf war es nicht weit, sie brauchte Hilfe – schnell.

Dieser Gedanke trieb sie vorwärts, bis sie den ersten Hof erreichte. Sie schaffte es kaum bis zur Haustüre zu kommen und klingelte Sturm, trotz ihrer Hände, die sich kaum bewegen ließen. Die Gardine am Fenster bewegte sich. Das Gesicht verschwand.

Emelie begann zu schreien: »Bitte machen sie die Tür auf. So helft mir doch!«

Tränen liefen über ihr Gesicht. Keine Reaktion. Sie lief zum nächsten Hof und zum übernächsten. Überall blieben die Türen geschlossen. Ein letztes Mal versuchte sie es, sie wollte nicht glauben, dass ihr niemand half. Doch ihre Kraftreserven waren verbraucht. Sie brach mitten auf der Straße zusammen.

Was hatten sie getan? Dieter konnte nicht verstehen, wie es

so weit kommen konnte. Unter Schock war er nach Hause gerannt. Er legte sich ins Bett und zog die Decke über den Kopf und versuchte einzuschlafen. Einfach die Augen schließen, um die Bilder in seinem Kopf los zu werden. Doch sie ließen sich nicht verdrängen. Schreie, Blut und dann dieser Geruch. Nie würde er diesen beißenden Gestank vergessen! Nein das durfte alles nicht geschehen sein. Wenn jemand davon erfuhr, wäre sein Leben zerstört ... so wie das Leben der anderen. Sie hatten sich geschworen, dicht zu halten und nie wieder darüber zu reden. Auch er hatte zugestimmt, dieses grausame Geheimnis für sich zu behalten und für immer zu bewahren.

Dieters Vater war mit seinem Trecker auf dem Weg zu seinen Feldern. Das Silo musste gemacht werden und auch andere Arbeiten auf den Hof ließen nicht auf sich warten. Für ihn gab es keinen Sonntag, wie für seinen Sohn. Letzte Nacht war es wieder sehr spät geworden. Zwar war sein Sohn leise rein geschlichen, dennoch hatte er sein Kommen gehört. Er gönnte ihm den Spaß, schließlich sollten die jungen Leute sich austoben, bevor der Ernst des Lebens begann. Gleichwohl war er froh, dass Dieter bald mit seiner Ausbildung zum Agrarwirt beginnen würde. Es wurde Zeit, dass jemand ihm Vernunft beibrachte. Er hoffte, der Lehrherr würde das schaffen. Bitter nötig hatte Dieter es ja. In Gedanken versunken, übersah er beinahe die Gestalt, die mitten auf der Straße lag. Abrupt bremste er und sprang von seinem Trecker. Am liebsten hätte er umgedreht. Er konnte keinen Ärger gebrauchen, aber selbst die Dorfhexe durfte er nicht hier liegen lassen.

Emelie öffnete die Augen und versuchte etwas zu sagen. Er beugte sich zu ihr runter. »Hilfe, bitte helfen sie, der Mensch im Wald braucht Hilfe, bitte tun sie etwas«, flüsterte sie.

Dieters Vater verfluchte sich, dass er sich geweigert hatte, ein Handy anzuschaffen. Es blieb ihm nichts anderes übrig, als zum gegenüberliegenden Hof zu rennen. Er brauchte nur kurz zu klingeln und ihm wurde die Türe sofort geöffnet.

Irgendwann war Dieter vor Erschöpfung doch noch eingeschlafen. Sirenengeheul erklang. Er fuhr erschrocken auf, griff hastig seine Kleidung und zog sich an. Sie hatten es sicher entdeckt. Alles würde ans Tageslicht kommen! Vielleicht konnte er es ja noch verhindern. Er rannte die Treppe hinunter nach draußen. Alle seine Freunde waren versammelt. Ihre Blicke sprachen eine deutliche Sprache. Sie würden nicht zu lassen, dass er irgendetwas ausplauderte.

Marjam hatte nicht überlebt. Wäre die Hilfe eher da gewesen, hätte sie vielleicht eine Chance gehabt. Doch so halfen alle Versuche der Wiederbelebung nicht. Marjam Leben war zu Ende.

Emelie blieb einige Wochen im Krankenhaus. Ihre Wunden heilten gut, aber die Erinnerung blieb. Die Polizei ließ Emelie nicht in Ruhe. Immer wieder wurde sie verhört. Immer wieder die gleichen Fragen. Was ist passiert? Warum sind ihre Hände verbrannt? Haben sie Personen erkannt? Was sollte sie Ihnen sagen? Nein, sie hatte niemanden erkannt, alle hatten Masken getragen. Was mit dem Mädchen passiert war, hatte sie nicht mit mitbekommen.

Emelie konnte diese Fragen nicht mehr ertragen. Es war egal, was sie ihnen sagte, für die Dorfbewohner, war sie die Schuldige. Sie war dort gewesen, ihre Hände verbrannt. Das Dorf brauchte einen Sündenbock und sie war bestens geeignet. Nachdem sie aus dem Krankenhaus entlassen wurde, kannte das Dorf kein Halten mehr. Was vorher schon schlimm war, wurde immer offensichtlicher und von Hass geprägt.

Dieter hatte sich nach Mirjams Tod sehr verändert. Ihn war die

Lust auf Partys vergangen. Seine Freunde mieden den Kontakt zu ihm, auch er wollte sie nicht wirklich sehen. Jeder neue Tag und vor allem jede neue Nacht war ein Kampf gegen die Bilder in seinem Kopf.

Diesen Samstag hatte sein Vater ihn gefragt, ob er nicht Lust auf ein Bier in ihre Stammkneipe hatte. Doch Dieter hatte abgelehnt. Er wusste, sie gaben der Dorfhexe die Schuld, und er würde ihr Gerede nicht aushalten. Sich dazuzusetzen und mitreden, als hätte er nichts getan, das würde er nicht schaffen.

In der Kneipe wurden die Geschichten immer skurriler. Eine davon war, dass Marjam das Opfer für ein satanisches Ritual gewesen sei. Der Erzähler hatte das im Fernsehen gesehen, warum sollte es nicht auch hier im Dorf passieren. Auf einmal kannte sich jeder in okkulten Dingen aus und wollte mitreden. Ein Stephen King Roman war nichts gegen das, was sie zu berichten hatten. In allen Geschichten spielte Emelie die Hauptrolle. Hatte sie nicht vorher schon Mädchen geopfert? Vielleicht war sie deswegen hergezogen. Wahrscheinlich hatte Marjam sich gewehrt, die Hexe gekratzt, sie nicht los gelassen und um ihr Leben gekämpft. Ja so musste es gewesen sein! Marjam wurde zu einer Heldin, die mit letzter Kraft die Hexe mit sich zog. Dadurch ließen sich ihre Wunden erklären. Das Gerede über sogenannte Hexenmasken hatte sie sich ausgedacht, als Alibi oder so. Lächerlich. Vielleicht hatten auch die von ihr beschworenen Dämonen ums Feuer getanzt. Wie sollte es denn auch sonst gewesen sein? Hier in dem Dorf lebten anständige Menschen. Keiner von ihnen wäre zu so etwas imstande gewesen. Sie fragten sich, warum die Polizei sie nicht schon lange ins Gefängnis gesteckt hatte. Alles unfähige Leute! Selbst ein Kerker wäre für die Hexe zu gut.

Dieter kannte das Gerede und auch heute Abend würde es wieder so sein. Er wollte ihnen nicht zuhören. Sein eigenes Spiegelbild war ihm zuwider. Wie lange würde er noch durchhalten, bis er die Wahrheit sagen musste. Sollte er sich und seine Freunde ans Messer liefern? Ja und wenn er wirklich alles preisgab?

Wieder war der stets gleiche Kneipentrupp versammelt, wie jeden Samstag. Karsten und Karen, die Eltern von Marjam waren auch anwesend. Seit dem Tod ihrer Tochter hatte sich ihr Leben vollkommen verändert. Nichts war mehr, wie es einmal gewesen war. Stille beherrschte das Haus. Schweigend lebten sie nebeneinander her, nicht in der Lage über ihren Verlust zu reden. Der Hass gegenüber dem Schuldigen fraß sie fast auf, der einzige Trost war der Alkohol, der morgens schon eine Rolle spielte.

Die Anspannung in der Kneipe steigerte sich, je mehr über das, was geschehen war, geredet wurde. Fast schien es, als ob jeder nur auf ein Zeichen wartete, um loszuschlagen. Karen zischte mit wutverzerrtem Gesicht: »Es war die Hexe, das wisst ihr doch alle. Warum tut denn keiner was gegen sie? Immer noch läuft sie rum, als sei nichts geschehen. Habt ihr das zufriedene Gesicht von ihr gesehen? Wer weiß, was die als Nächstes tut? Sollen wir noch ein Kind verlieren?«

Timos Vater kippte sein Bier herunter und rief: »Recht hat sie. Unsere tolle Dorfpolizei unternimmt nichts. Wahrscheinlich ist die auch verhext.«

Immer weiter schaukelten sie sich mit Worten hoch, bis Karstens Stimme ertönte. Bitter klang sie, als er in die plötzliche Stille hinein sagte: »Es ist mir egal, ob ich dafür bezahlen muss. Ohne mein Kind ist für mich sowieso alles sinnlos. Wenn keiner etwas unternimmt, werde ich selbst dafür sorgen. Sterben soll dieses Miststück! Leiden wie meine Tochter. Ich hole sie mir und schicke sie zu ihrem Geliebten, dem Teufel. Ihr könnt mir helfen oder nicht!«

Karsten sprang vom Stuhl auf und stürmte aus der Kneipe, gefolgt von allen anderen, auf die Straße.

Dieter hörte Geschrei durch das geöffnete Fenster. Als er den Vorhang zur Seite schob, erstarrte er. Eine Menschenmasse mit Fackeln lief mit wildem Gekreische die Straße entlang. »Brennt sie nieder, das Teufelsliebchen! Tötet die Hexe. Ihr Leben für Marjam.«

Immer wieder wiederholten sich dir Worte. Auch seine sogenannten Freunde, die sehr wohl die Wahrheit kannten, waren dabei.

Dieter konnte kaum glauben, was da vor sich ging. Was würde passieren, wenn er nichts unternahm? Wieder sollte ein unschuldiger Mensch sterben. Das konnte er nicht zulassen. Sie würden nicht aufhören, bis sie getötet haben. Er konnte nicht mit seiner Schuld leben. Mit schnellen Schritten lief er die Treppe hinunter auf die Straße.

»Stopp hört auf, bleibt stehen!« Wild gestikulierend rannte er auf den Mob zu. Seine Worte erstickten im Geschrei der anderen. Er versuchte, Timo festzuhalten, doch dieser schaute ihn mit glühenden Augen an und stieß ihn zur Seite. Mittlerweile waren sie bei Emelies Haus angekommen.

»Brennen soll sie! Brennt ihr Haus und alles Schlechte ab, was in ihm haust.«

Karen spornte die anderen immer mehr an, sie hatte für ihren Hass und Schmerz das Ventil gefunden. Die anderen begannen, Benzin auf das Haus zu schütten. Irrsinnig lachten sie vor sich hin. Hilflos stand Dieter mit hängenden Armen da, als sich die Tür öffnete.

Stille. Alle starrten sie an. Dann sprach Emelie ruhig mit

würdevoller Stimme:»Was habe ich euch eigentlich getan? Ich will doch nur leben, wie ihr alle. Es tut mir leid, dass das Mädchen gestorben ist. Glaubt mir, ich kenne den Schmerz, wenn man verliert, was man liebt. Ich habe sie nicht getötet. Fragt eure Kinder. Ich habe ihre Gesichter nicht erkannt, doch Stimmen sind einzigartig.«

Ihr Blick glitt über die Gesichter der Schuldigen. Verlegen, nicht wissend, wie sie sich verhalten sollten, schauten Timo und die anderen zur Seite. Die Schuld stand ihnen ins Gesicht geschrieben. Doch Karen und Karsten sahen das nicht, oder vielleicht wollten sie es auch nicht sehen. Karen schrie:»Hört nicht auf sie, sie lügt, die Hexe!«

Karsten unterstützte seine Frau:»Warum hat sie denn nichts zur Polizei gesagt? Ich kann es euch sagen. Weil sie es war!"

»Hexe, halt deinen Lügenmund! In die Hölle fahren sollst du, wo du hingehörst!«, Timo versuchte, die anderen noch mehr an anzustacheln.

Timo versuchte, die anderen noch mehr an anzustacheln. Doch Dieter wollte, dass er endlich seinen Mund hielt. Er hielt es nicht mehr aus und schlug ihn mit der Faust mitten ins Gesicht. Timo schrie auf und die anderen starrten die beiden an.

»Hört endlich auf, bitte. Nicht noch eine Unschuldige. Wir waren es! Ja, wir alle, die auf der Party gewesen waren. Sie lügt nicht! Marjam war die Schlimmste von allen. Ebenso wie Timo. Doch auch wir waren schuld.«

»Halt die Schnau ...« Timo versuchte, Dieter vom Reden abzuhalten.

Doch Dieter war froh, endlich die Wahrheit sagen zu können und achtete gar nicht auf ihn.»Wir wollten nur Spaß haben. Die Hexe ein wenig quälen. Ihr Angst machen, mehr nicht. Aber die Masken änderten alles.«

Dieter schluckte und Tränen standen in seinen Augen. Alle

schauten ihn fassungslos an und er sprach mit leiser Stimme weiter: »Wir hatten ein Feuer angezündet, nur so. Vielleicht um den Ganzen etwas Unheimliches zu geben. Da zog Timo ein Messer. Er und Marjam drehten vollkommen durch. Wir anderen versuchten, die beiden zu stoppen, doch sie waren wie von Sinnen. Timo hielt Emelie und schnitt sie immer wieder mit dem Messer. Marjam hatte sich den Kanister geschnappt und übergoss sie mit Benzin. Die Hexe wehrte sich, trat um sich, versuchte ihr Leben zu retten. Sie schaffte es, sich von Timo zu befreien. In dem Handgemenge strauchelte Marjam und fiel mit dem Kanister ins Feuer. Die Hexe hatte noch versucht sie festzuhalten, aber es war zu spät. Marjam brannte lichterloh. Die Hände von Emelie fingen bei dem Versuch, ihr zu helfen, Feuer. Wir anderen versuchten zu retten, was noch zu retten war. Marjam konnten wir nicht mehr helfen. Danach haben wir uns geschworen, niemanden etwas von dem zu erzählen, was passiert war. Wir wollten unser Leben behalten und so tun als wäre das alles nicht geschehen.«

Dieter konnte nicht weiter sprechen. Er weinte hemmungslos. Die Menge stand fassungslos da, keiner sprach ein Wort. Stille - einfach nur Stille. Dieters Vater glaubte kaum, was er da von seinem Sohn gehört hatte. Er zog seinen Sohn am Arm und schrie ihn an: »Was hast du getan? Was habt ihr alle getan? Ja, ihr und auch ich, was sind wir für Menschen?«

Karen rief: »Wieso sind wir schuld? Wir haben nichts getan. Ich habe mein Kind verloren … und wer sagt, dass dein Sohn nicht lügt!«

»Halt endlich deinen Mund!«, wütend stieß Dieters Vater die Worte aus: »Ja du hast deine Tochter verloren, aber unschuldig? Das bist du ganz und gar nicht. Wie lange zerreißt ihr euch das Maul über sie? Immer wieder durften sich eure Kinder Horrorgeschichten über die Hexe anhören. Mein Gott! Vielleicht wäre das alles nicht passiert, wenn ihr das nicht getan hättet.«

Timos Vater versuchte ihn zu unterbrechen, jedoch ließ er es das nicht zu. »Könnt ihr euch erinnern, wie eure Hexe versucht hat, Hilfe zu holen? Nein? Sie hat nicht an sich gedacht. Und ihr? Wo wart ihr? Sicherlich habt ihr sie gesehen. Aber der Hexe öffnet man doch nicht die Tür, oder?«

Er bekam keine Antwort. Was sollten sie denn auch sagen? Es gab nichts, was ihr Verhalten entschuldigte. Alle schauten Emelie an. Die drehte sich um und ging zurück in ihr Haus. Sie hatte genug gesehen und gehört.

Das Dorf war nicht mehr das, was es einmal gewesen war. Ihr Leben hatte sich verändert. Nichts würde mehr wie früher sein.

Emelie verließ am nächsten Tag Ochtersum. Blumen waren vor ihrer Haustür gelegt worden. Als sie aus der Haustür heraustrat, bückte sie sich, um sie aufzunehmen, doch mitten in der Bewegung stoppte sie. Nein, für diese Geste war es zu spät. Sie richtete sich auf und stieg über sie hinweg. Ja, sie hatte gelernt, dass sie hier nicht leben konnte und sie wollte es auch nicht mehr. Noch mal würde sie von vorne beginnen, mit all ihren Erinnerungen. Ohne sich umzudrehen, ging sie fort.

Dieter und die anderen bekamen ihre Gerichts-verhandlung. Wirklich bestrafen konnte man sie nicht. Alle, auch das Opfer, hatten sich schuldig gemacht. Timo bekam eine Bewährungsstrafe, die anderen Sozialstunden. Vielleicht hatten sie daraus gelernt. Vielleicht würde die Nacht nur eine Erinnerung bleiben, über die keiner gerne sprach. All das war zu diesem Zeitpunkt noch nicht klar. Und doch etwas hatte sich bereits etwas verändert. Sie alle würden sich gegenseitig mit anderen Augen ansehen. Und vielleicht war auch einer unter ihnen, der fähig war, die Anfänge zu stoppen, um so etwas zu verhindern.

Karin Pfolz

Mondlicht und Schattenspiele

Mondlicht und Schattenspiele

Der Tag beginnt grauenhaft und mich beschleicht der Verdacht, dass sich das in seinem Verlauf nicht wirklich ändern wird. Eiseskälte greift nach meiner Haut, sobald ich aus dem warmen Bett steige. So wie sich das anfühlt, erreicht die Raumtemperatur gerade einmal den Gefrierpunkt. Eine ausgesprochen schlechte Voraussetzung für die Aktivierung meines noch ziemlich verschlafenen Gehirns. Jetzt bin ich froh, dass ich gestern Abend meine Kleidung nicht wegräumte, so kann ich mir, mit nur einem Handgriff, etwas zum Überziehen greifen. Eingepackt in nicht zusammenpassende Klamotten, die auch noch seitenverkehrt meinen Körper zieren, trapse ich die Stufen hinunter, um die Ursache der Eiszeit in meinem Haus herauszufinden.

Irgendwie ist alles heute eigenartig. Auch meine körperliche Verfassung. Ich bin unsicher in den Schritten, kann kaum die Bilder verarbeiten. Es ist, als befände sich alles um mich herum, in einer Schwerelosigkeit oder schwebenden Wolke. Nicht stabil, sondern samtig, nachgiebig. Dieser Zustand ist schwer in Worten zu beschreiben, doch eines bewirkt er – dass mir alles sehr unrealistisch erscheint.

Die paar Stufen vom ersten Stock in den Wohnbereich schaffe ich, indem ich mich am Geländer festhalte und die paar Schritte zum Esstisch torkele. Ich habe das Gefühl, schwer alkoholisiert zu sein. Kraftlos sinke ich auf den ersten Stuhl, den ich erreiche. Mein Kopf ist so schwer, dass ich ihn auf beide Handflächen stützen muss. Mein Zustand verschlimmert sich. Nur unklar nehme ich die Gegenstände meiner Umgebung wahr. Es sieht so anders aus. Alles ist anders. Überhaupt fehlen mir einige Bilder des Gesamten. Es braucht unglaubliche Anstrengung, mich zu konzentrieren.

Da war doch was – was Rotes! Was war das nur? Ach ja!

Meine Handtasche. Wo ist die nur, ich habe sie doch auf das Tischchen gestellt.

Ein Windhauch streift mich. Langsam bewege ich mich, um den Bereich hinter mir zu erblicken. Das gibt's ja nicht! Die Türe zum Garten steht weit offen. Der Vorhang flattert im Herbstwind und der Boden im Zimmer ist nass vom hereindringenden Regen.

Ich sitze einfach nur da und starre auf die offene Türe. Durch die kalte Luft kommt etwas Leben in mich. Endlich kann ich aufstehen und die Türe schließen. Jetzt kann ich erfassen, was alles anders ist. Zumindest einmal die auffälligsten Gegenstände.

Der Laptop steht nicht mehr am Tisch, obwohl ich hundertprozentig sicher bin, dass ich das Gerät stehenließ, weil ich eine begonnene Arbeit fertigmachen wollte. Auch der Schlüssel, der immer an der Türe steckt, ist nicht an seinem Platz. Das Thermostat der Heizung ist aus der Wand gerissen und liegt am Boden. Die Kabel schauen hilflos und abgerissen aus dem Loch.

»Ein Einbruch!«, schießt es durch mein Gehirn.

Panik und Angst steigen auf. Ich will mein Telefon greifen, aber auch dieses befindet sich nicht mehr in meinem Besitz. Ich muss da raus! So schnell als möglich aus dem Haus!

So wie ich bin, reiße ich die Tür auf und renne in den Garten. Ich bin so verwirrt, dass ich nicht sofort den Ausgang zur Straße finde.

Natürlich, wie immer in misslichen Situationen, ist keine Menschenseele zu sehen. Das Wetter trägt nicht gerade zu meiner Beruhigung bei, denn zu dem Regen hat sich dichter Nebel gesellt. Langsam gehe ich den Weg entlang, die Kälte an meinen Füßen kriecht in meinen ganzen Körper. Es ist mir vollkommen egal, ob jetzt ein Fremder mein Haus betreten kann, denn ich habe nichts mehr von Wert. Und ich selbst, ich gehe nicht mehr in diese Räume ohne Begleitung.

Noch immer kein Mensch in Sicht. Wohl oder übel muss ich zu dem verkommenen Würstelstand an der Straße gehen. Wie erwartet, sind – selbst zu so früher Stunde – die Besucher dieser Lokalität schwer betrunken. Es dauert eine Weile, bis ich einem von ihnen erklären kann, dass ich die Polizei brauche. Für die Besucher dieses Etablissements eine schauderhafte Vorstellung, trotzdem erlaubt mir der Wirt, dass ich hier warten darf. Er will mir seine Ersatzschuhe aufdrängen, was ich aber vehement ablehne.

Nach einer für mich elend langen Zeit betreten zwei Polizeibeamte den kleinen Würstelstand. Kurz erkläre ich die Situation und gemeinsam gehen wir zurück zu meinem Haus.

Sehr amtlich ist das Verhalten der beiden Herren, aber das bringt mich wenigstens dazu, meine Emotionen im Griff zu haben und sachlich die fehlenden Gegenstände aufzulisten. Die ganze Sache wird teuer, denn auch meine Papiere und Bankkarten sind weg. Ganz zu schweigen vom letzten Bargeld für diesen Monat.

Eingestiegen sind die Einbrecher durch das Kellerfenster. Sie haben nichts durchwühlt, nur die interessanten Gegenstände geschnappt und flüchteten durch die Tür zum Garten. Dass sie den Schlüssel haben, ist kein gutes Zeichen, eher eines, dass sie wiederkommen. Ein Schlossaustausch ist sofort notwendig. »Das ist jetzt ganz modern bei den Einbrecherbanden«, erklärt der eine Beamte. »Sie schleichen ums Haus, sprühen Betäubungsspray ins Schlafzimmer und können dann in Ruhe arbeiten.«

Der Rest meines Tages ist ausgefüllt mit ärgerlichen Wegen, um wenigstens zu etwas Bargeld und einem Ersatzschloss zu kommen. Erschöpft falle ich um Mitternacht ins Bett. Das Einschlafen fällt mir schwer. Immer wieder schrecke ich durch das kleinste Geräusch auf. Jeder Ast, der sich im Wind bewegt, und jeder Regentropfen, der auf dem Fenster landet, lässt mich aufschrecken. Letztendlich schaffe ich gerade einmal eine Stunde Schlaf.

Schweißgebadet schrecke ich auf. Geweckt, durch das Gefühl, dass Hände über meinen Körper streichen, mich an meinen intimsten Stellen berühren. Keine zärtlichen Finger, nein. Raue, unsanfte und grobe Hände. Doch es ist niemand im Raum. Ich bin alleine. Das erste Morgenlicht dringt ins Zimmer. Zarte Herbstsonnenstrahlen verdrängten den Regen. Wenigstens etwas Positives.

Es ist noch immer schweinekalt im Haus. Eine Reparatur des Thermostates konnte ich gestern nicht mehr vereinbaren. Ich werde wohl selbst einen Versuch starten, dieses Ding wieder mit den passenden Kabeln zu verbinden.

Mit einer Hand wage ich den Griff aus dem warmen Bett, um meinen kuscheligen Morgenmantel zu erreichen. Doch meine Hand fasst ins Leere. Ich weiß doch, dass ich ihn genau neben mein Bett legte. Genau an diese Stelle. Warum ist er dann nicht da? Bibbernd krieche ich aus den Federn, sicher ist er nur unter das Bett gerutscht.

Doch auch der Blick unter das Bett lässt den Morgenmantel nicht auftauchen. Er bleibt verschwunden. Einfach weg. Panisch schau ich mich um. Fehlt noch etwas? Ist etwas anders? Nein, alles da, alles so, wie ich es von gestern in Erinnerung habe. Vielleicht habe ich doch vergessen, ihn vorzubereiten. Ist ja kein Wunder, wenn ich etwas durcheinander bin. Am besten, ich koche mir einmal einen Kaffee. Das hilft sicher.

Selbst nach genauestem Durchsuchen des Hauses bleibt der Morgenmantel verschwunden. Aber alles andere ist da. Nichts fehlt. Nichts ist verändert. Zuerst beunruhigt mich das, aber mit der Zeit verwerfe ich den Gedanken an einen weiteren Einbruch. Wer stielt schon einen alten Morgenmantel?

Die nächsten Tage vergehen. Es passiert nichts Ungewöhnliches. Das Einzige, was zurückbleibt, ist die Angst einzuschlafen und nicht zu hören, wenn jemand Fremdes im Haus ist. Ich kontrolliere sämtliche Türen und Fenster, bevor ich es wage, mich zur Ruhe zu begeben. Doch der Schlaf ist unruhig und oft unterbrochen, was sich dann tagsüber nicht gerade zu einer positiven Laune entwickelt.

Endlich ist auch mein Thermostat wieder intakt. Und kaum könnte ich wieder heizen, kommen einige Tage ungewöhnlich warmen Wetters für diese Jahreszeit. Das freie Wochenende lockt mich in den Garten. Ausgestattet mit Kaffee und einem Buch lasse ich mich auf der sonnigen Terrasse nieder. Herrlich.

Nach ein paar Seiten lege ich das Buch weg, lehne mich zurück, schließe die Augen und genieße die Wärme der Sonne. Eine Wolke schiebt sich über den Himmel und augenblicklich ist der Zauber vorbei. Sofort ist die Luft kalt. Also will ich mich ins Haus zurückziehen. Wie ich nach dem Haferl greife, fällt mein Blick zum Blumenbeet. Ich schneide die Blumen nach der Blüte nicht ab, damit die Samen im nächsten Sommer wieder für eine Blütenpracht sorgen.

Es sieht anders aus. Komisch. Ich schau genauer hin. Alle Blumen sind abgeschnitten, nein, nicht abgeschnitten – abgerissen. Nicht nur in diesem einen Beet. Überall im Garten sind die Pflanzen abgebrochen, oder abgerissen. Die Bruchstellen noch frisch, aber es liegen keine Reste der Pflanzen herum. Fast aufgeräumt sieht es aus. Das kann ja nicht sein, wer macht so was!

So schnell ich kann, rase ich ins Haus und sperre die Türe, so oft es geht, zu. Trotz der jetzt herrschenden Kälte steigt Hitze in mir auf und der Schweiß der Angst steht mir auf der Stirn. Mit dem Rücken lehne ich mich gegen die kalte Glasscheibe der Tür. Atme tief. Ich muss zur Ruhe kommen, damit ich wieder klar denken kann.

Die Gedanken rasen durch mein Gehirn. Aber sie beruhigen

mich nicht, im Gegenteil, es sind eher entsetzliche Gedanken. Die Bruchstellen sind frisch, das heißt, sie sind innerhalb der letzten zwei Stunden entstanden und da befand ich mich hier. In diesem Haus. Bei offener Gartentüre. Und ich habe nicht das leiseste Geräusch vernommen. Keine Schritte, kein Knacksen - nichts.

Den Rest des Tages und die Nacht, verbringe ich, aufrecht sitzend, auf der Couch. Ich muss den Raum übersehen. An Schlaf denke ich nicht. Nicht einmal Müdigkeit verspüre ich - nur Angst. Das Einzige, das ich wahrnehme, ist die Veränderung von Tag auf Nacht.

Der Ruf meines Weckers reißt mich aus meiner paralysierten Erstarrung. Wie von fremder Hand geleitet, erledige ich die notwendigen Schritte, um halbwegs akzeptabel das Haus verlassen zu können.

Die Menschen in der U-Bahn drängen sich an mich. Der Geruch von Schweiß, Unmut und übler Laune greift nach mir. Mir ist schlecht. Alles um mich herum bekommt einen leichten Nebelschleier. Der U-Bahn-Waggon beginnt zu tanzen. Meine Hände greifen nach der Haltestange, obwohl so ein Egoist mit seinem Rücken die ganze Stange beansprucht.

Bedrohung, ich fühle es. Die Schatten der Angst dringen auf mich ein. Endgültig verschwindet das Bild vor meinen Augen und ändert sich in ein schwarzes Nichts. Aber ich fühle. Alles. Hände greifen nach mir. Von hinten werde ich gepackt, ein Arm schlingt sich unter meinen Armen hindurch und umgreift brutal meine Brüste. Ein Zweiter greift zwischen meine Beine. Ich will mich wehren, will schreien, stoßen, kratzen ... Aber ich kann nicht. Noch immer bin ich in den schwarzen Schatten der Bewusstlosigkeit gehüllt, unfähig mich zu bewegen. Trotzdem nehme ich die Bewegungen meiner Umgebung wahr, obwohl ich sie nicht sehen kann.

Die Arme heben mich, halten meinen Körper umklammert, dass es schmerzt. Menschen gehen zur Seite, lassen zu, dass mein wehrloser Körper weggetragen wird. Hinaus aus dem Zug, auf den Bahnsteig einer unbekannten Station. Der Luftzug der abfahrenden U-Bahn streift mich, dann nur noch Stille. Ich bin allein - allein mit einem Schatten, der mich in seinen brutalen Händen gefangen hält.

Langsam kommt die Energie meines Körpers wieder zurück. Es beginnt damit, dass ich meine Finger wieder bewegen kann, dann meine Zehen. Die Kontrolle über mich selbst steigt immer weiter. Genau so plötzlich, wie sie mich ergriffen haben, lösen sich die fremden Arme von mir. Zeitgleich verschwindet der Schatten aus meinem Blick und ich nehme die Umgebung wahr. Aber ich befinde mich nicht mehr auf der Station, sondern in einem Tunnel.

Außer mir ist kein Mensch im U-Bahn-Tunnel. Meine Position liegt mit ziemlicher Sicherheit zwischen zwei Stationen – oder auf einem Nebengleis – denn ich sehe nur die langen, schwarzen Röhren, die einzig durch schwache Neonröhren erhellt sind. Mein Körper liegt zusammengekauert in einer Nische.

Mühsam rappel ich mich auf. Meine Arme und Beine sind etwas unbeweglich. Ein Zeichen, dass ich wohl einige Zeit in dieser Position lag. Nicht die kleinste Spur weißt darauf hin, dass eine weitere Person anwesend war. Ich muss hier heraus! Dringend.

Zwar bin ich noch ein wenig benommen, aber klare Gedanken kann ich fassen. Ich muss nur entscheiden, ob ich den Ausgang links oder rechts von mir suche. Links finde ich gut. Links ist das Herz, bestimmt eine gute Wahl.

Langsam taste ich mich entlang der Wand in die gewählte Richtung. Mein Blick geht nervös hin und her. Vorsichtig nähere ich mich jeder noch so winzigen Einbuchtung der Wand. Trotz der Leere, die um mich liegt, habe ich das Gefühl, das ich mich nicht alleine hier befinde. Im düsteren Licht kommt es mir immer wieder so vor, als ob sich hinter mir ein Schatten bewegt. Aber wenn ich mich umdrehe und zurückblicke, ist da nichts. Nur eine leere U-Bahn-Röhre.

Es ist heiß hier unten. Nicht der leiseste Lufthauch bewegt sich, und obwohl ich eine ganze Weile vor mich hinschleiche, ist nicht eine einzige Bahn durch diesen Tunnel gefahren. Ich höre auch keine Geräusche von fahrenden Zügen. Nur Stille, Schatten und Einsamkeit. Wobei letztes mir recht ist, denn die Anwesenheit meines Angreifers würde keinesfalls beruhigend auf mich wirken.

Es rächt sich jetzt, dass ich niemals eine Uhr trage, so kann ich die vergangene Zeit meiner Wanderschaft nur schätzen. Wenn ich von einer Neonröhre zur nächsten ungefähr zwei Minuten benötige, und bis jetzt zweiunddreißig Leuchten hinter mich brachte, bin ich bereits eine halbe Stunde unterwegs. Vor mir sehe ich eine Biegung. Vielleicht kann ich wegen der Kurve keinen Ausgang aus meiner Position sehen.

Inzwischen bin ich bereits in so einem komischen Zustand, dass es mir fehlen würde, wenn sich die Schatten hinter mir nicht bewegten. Fast gehören sie als stille Begleiter zu meinem Weg.

Endlich kann ich die Biegung einsehen. Doch der Anblick wirkt nicht sehr aufbauend auf mich. Ich sehe eine graue Wand vor mir. Umso näher ich komme, umso schrecklicher wirkt sie auf mich. Sie reicht von der linken Wand, bis zur rechten Wand. Vom Boden bis zur Decke. Und genau in der Mitte dieser Wand ist ein riesiger, strahlender Mond gemalt.

Hier in diesem Bereich gibt es keine Neonröhren und keinerlei andere Beleuchtung. Nur der Mond an der Wand vor mir leuchtet. Dieses grelle Licht wirkt auf mich unsagbar bedrohlich. Ich tapse mit meinen Händen die Wände nach einem Weg nach draußen oder einer Türe ab. Aber immer wieder wird mein Blick von diesem Mond angezogen. Irgendwie hält er mich gefangen, aber in meinem Inneren bleibt der Wunsch und die Kraft, dass ich hier weg will.

So magisch wirkt dieses große Bild, so dominierend, dass es nicht möglich ist, es aus dem Blick zu bekommen. Mir bleibt nur die Flucht nach hinten, aber umdrehen kann ich mich nicht. Also gehe ich einfach rückwärts. Wieder in die Welt der Schatten zurück.

Erst als ich wieder in die Biegung komme und der Winkel sich verändert, kann ich loslassen und mich umwenden. Ich muss einfach einen Ausgang finden. Hineingekommen bin ich ja auch - irgendwie - also muss es auch einen Weg hinaus geben.

Ich spüre die Schatten hinter mir in ihrer Bewegung, aber ich merke keine Angst mehr. Sie taten mir bis jetzt nichts, sie werden mir auch weiterhin nichts tun. Mich einfach nur begleiten. Hinter mir von einer Wand zur nächsten huschen.

Mein Schritt ist nun nicht mehr so vorsichtig, wie bei meinem Hinweg. Sicherer meine Verfassung. Darum kann ich um einiges flotter gehen. Ich brauche nur noch vierzig Sekunden von einem Licht zum nächsten. Diesmal achte ich genauer auf die Umgebung meines Weges. Schaue nicht hektisch, sondern betrachte überlegt die Wand, die Decke, den Boden.

Wieder sehe ich eine Biegung vor mir. Aber ich bin vorsichtiger. Durch die stehende Luft bin ich sicher, dass dahinter kein Ausgang liegt. Der Tunnel verschlossen ist.

Da ich keine Lust habe, wieder in die Fänge des Mondes zu laufen, drehe ich um. Ich muss noch einmal suchen. Es muss einfach einen Ausgang geben. Irgendwo.

Diesmal bewege ich mich langsamer, schaue noch genauer. Lass eine Hand über die Wand gleiten, damit ich Unebenheiten fühlen kann.

Lange Zeit spüre ich nur den glatten Beton. Nichts von einer Einbuchtung oder Türe. Leicht verzweifelt bleibe ich stehen. Fluchend blicke ich zur Decke, ich will endlich da heraus. Da merke ich ober mir einen Schatten. Aber einen, der sich nicht bewegt. Einen zarten, runden Schatten. Es könnte eine Abdeckung sein, etwas, dass ich vielleicht von unten wegdrücken kann.

Mühsam ziehe ich mich an den Kabelsträngen, die waagrecht entlang der Wand verlaufen, in die Höhe. Bei der Temperatur hier und der Höhe, wo diese angebracht sind, ein sehr schwieriges Unterfangen. Nach mehrmaligen Versuchen schaffe ich es endlich. Der Kabelstrang ist stabil und gut montiert. Mein Bein passt zwischen Wand und Kabel, so kann ich mich rittlings darauf setzen. Kurz ein wenig erholen.

Eine gute Ausgangsposition. Von hier aus kann ich die Abdeckung erreichen. Mit beiden Beinen umschlinge ich die Kabel, damit ich einen festen Halt habe. So kann ich mich weit genug ausstrecken, um mit beiden Händen den Deckel anzudrücken. Ziemlich schwer dieses Ding, aber er lässt sich bewegen. Millimeter um Millimeter schaffe ich ihn wenig zur Seite zu schieben. Ich bin schweißgebadet.

Jetzt kommt der schwierigste Teil des Ganzen. Ich muss mich an der Kante der Öffnung festhalten, auf die Kabel steigen und versuchen, dass ich mich hochziehen kann. Es ist so anstrengend, meine Muskeln schmerzen, aber ich muss einfach, es ist der einzige Weg hier heraus. Nur noch meine Zehenspitzen stehen auf den Kabeln. Meine Arme gehen bis zu den Ellenbogen in die Öffnung. Ich hebe ein Bein in die Höhe, langsam, damit keine Schwingung entsteht. All meine Kraft setze ich in den Armen ein und ziehe mich hoch. Möchte loslassen, weil der Schmerz so groß ist, die Muskeln zu zittern beginnen. Jedoch mein Wille ist stärker.

Endlich habe ich meinen Oberkörper durch die Öffnung geschoben und liege nun mit dem Bauch bereits außerhalb des Tunnels. Der Boden hier ist dreckig, trotzdem lege ich meinen Kopf darauf und lasse die Augen geschlossen. Ich muss Kraft sammeln.

Es ist ein Hinterhof. Ich habe den Ausgang zur Freiheit gefunden.

Endgültig ziehe ich mich aus dem Loch. Es ist Nacht. Durch einen Hofeingang kann ich die Straße mit den vorbeifahrenden Fahrzeugen sehen. Passanten, die unaufmerksam durch die Gegend schlurfen. Keiner hat auch nur die leiseste Ahnung, was sich unter ihren Füßen befindet.

Ich klopfe meine Kleidung notdürftig ab und begebe ich in das Geschehen des Lebens.

Relativ schnell finde ich die Orientierung, wo ich mich in der Stadt befinde. Die U-Bahn-Station befindet sich in unmittelbarer Nähe. Ich ziehe es vor, den Weg nach Hause zu Fuß zu gehen. Irgendwie mag ich nicht in eine U-Bahn steigen.

Der Weg ist lang. Über zwei Stunden brauche ich. Endlich kann ich den Fußweg zu meinem Haus sehen. Er ist dunkel, eng und Schatten bewegen sich. Es macht mich diesmal nicht ängstlich, nur vorsichtig und aufmerksamer.

Erst jetzt prüfe ich, ob meine Schlüssel und Geld noch in meiner Jackentasche stecken. Sehr eigenartig, dass man in beengenden Situationen und Angstzuständen daran nicht denkt. Zum Glück ist alles da.

Mein Haus liegt vor mir. Das schwache Licht der Straßenbeleuchtung scheint auf die Eingangstüre. Jetzt beginnen meine Knie doch zu zittern, die Angst versucht in mir hochzusteigen. Was wird mich im Inneren erwarten? Der Schlüssel dreht sich, meine Hand greift nach der Schnalle, drückt sie hinunter. Die Türe springt auf.

Hier ist nichts. Im Haus ist nichts. Einfach wirklich nichts. Es ist leer. Alle Möbelstücke, Bilder, Teppiche - weg. Nur die nackten Wände und der kalte Fußboden. Selbst die Lüster sind nicht mehr da.

Meine Augen gewöhnen sich an das schwache Licht, das durch die Fenster dringt. Wie kann das sein? Wie ist es möglich, in wenigen Stunden ein ganzes Haus auszuräumen? Allerdings stimmt das nicht ganz, denn in der Mitte meines Wohnzimmers liegt ein Foto. Ein Foto eines grellen, fluoreszierenden Mondes.

Raus! Ich muss hier raus!

Ich lasse einfach alles offen, es kann ja nichts wegkommen. Die nächste Polizeiwachstube ist nur zehn Minuten entfernt, ich schaffe das jetzt in fünf. Doch diesmal kann ich nichts mehr tun, gegen die Angst. Jeder bewegende Ast lässt mich zusammenfahren, jeder Schatten greift nach mir. Ich laufe, so schnell mein erschöpfter Körper mich trägt.

Mit letzter Kraft reiße ich die Türe zum Wachzimmer auf. Meine Beine geben endgültig auf und ein Polizist fängt mich gerade noch auf, bevor ich auf den Boden falle.

Das Erste, was ich sehe, ist die Uhr, die über mir an der Wand hängt. Zuerst etwas verschwommen, doch mit der Zeit sehe ich das Datum darauf immer schärfer. Zwei Wochen. Es sind zwei Wochen vergangen, seit ich mein Haus verlassen habe, um zu meiner Arbeit zu fahren. Das kann doch nicht sein? Wie können zwei Wochen an mir spurlos vorübergehen?

Einige Polizisten stehen hilflos um mich herum. Wissen nicht, was sie mit mir anfangen sollen. Also fange ich an zu erzählen. All das, was ich erlebt habe, was mein geordnetes Leben so durcheinanderbrachte. Dass ich nun ein leeres Haus besitze und irgendwie einen Zeitsprung von vierzehn Tagen erlebte. Die Beamten schauen mich skeptisch an, fast so, als wäre das alles eine ausgedachte Geschichte. Bei meinem Glück zurzeit wäre es nicht verwunderlich, wenn sie mich jetzt in eine Nervenheilanstalt überweisen. Ein magischer Mond und Schatten, die mich verfolgen, ein zugemauerter U-Bahn-Schacht … das ist zu viel, um es zu glauben. Endlich kommt einem der Herren die Idee, dass sie mit mir zu meinem Haus gehen.

Der Anblick meiner leeren Hütte sorgt dafür, dass mich die Polizisten ernst nehmen, zumindest zum Teil. Sofort ruft einer die Spurensicherung und die Kollegen von der Kriminalabteilung.

So wie das Haus jetzt vor mir steht, ist es mir unmöglich, darin zu wohnen. Ich möchte das auch nicht. Mein eigenes Haus wirkt inzwischen verlogen und abweisend auf mich. Es hat das Fremde eingelassen. Strahlt Negatives aus.

Die Tage vergehen, und ich kann nicht genau sagen, wie. Praktisch stehe ich vor dem Nichts. Meine Reserven auf den Konten sind weg. Der Unbekannte hat sich bedient. Er wies sich mit Dokumenten aus, die er aus meinem Haus hatte. Keinem der Bankbeamten ist etwas Verdächtiges aufgefallen. Zwar wurde ein Ausweis kopiert, aber dabei handelte es sich um meinen eigenen. Nach Aussage der Polizei sah mir die Person ähnlich, hatte aber eine Sonnenbrille auf. Aufgrund des forschen Auftretens dieser Person traute sich niemand, sie bitten, die Brille abzunehmen.

Vorerst bleibt mir nur ein schäbiges Hotel, dessen Gäste fragwürdig sind. Wenigstens besorgte ich mir eigene Bettwäsche, denn die vorhandene möchte ich nicht verwenden. Meine Arbeitsstelle ist gekündigt, Hilfsjobs halten mich am Leben. Ich lege jeden Cent auf die Seite und bestücke nach und nach mein Haus mit neuen Einrichtungsgegenständen. Zuvor habe ich alle Wände mit Essigwasser abgescheuert und gestrichen. So versuche ich, das erdrückende Gefühl aus dem Haus zu bekommen. Doch des Nachts kann ich nicht hineingehen. Es sind die Schatten, die ich von den Fenstern aus sehen kann. Auch wenn sie nicht angreifen, so wirken sie doch immer noch bedrohend und finster.

Die Kriminalpolizei quält mich mit Befragungen. Sie glauben, dass mein Haus ausgeplündert meine Konten abgeräumt wurden. Die Entführung aus der U-Bahn und den Zeitverlust glauben sie mir nicht. Ich habe ja keinerlei Beweise dafür und ohne Beweis geht in diesem Land nichts.

»Wenn Sie mir nicht glauben, dann kommen Sie mit mir! Ich zeige ihnen den Hinterhof! Den Schacht!«, schreie ich die Beamten an, die mir nur einen mitleidigen Blick schenken. In Wahrheit denken die sich: »Die arme Irre!«

»Dazu fehlt uns das Personal. Wir können nicht durch die Stadt spazieren und in irgendwelche Schächte kraxeln! Dazu brauche ich mindestens fünf Mann. Die bekomme ich nie genehmigt für eine so durchsichtige Geschichte. Es ist Ihnen ja nichts passiert.«

Diese Aussage finde ich schon sehr gewagt. Sicher, körperlich ist mir nichts passiert. Nur ein paar Kratzer von der Kletterei. Vielleicht wird es Zeit, dass die Herren eine psychische Belastung auch als Körperverletzung einstufen.

»Irgendwie habe ich das Gefühl, dass sie diese Sache nicht aufklären wollen. Bis heute, nach Monaten, versuchten sie nicht, den Täter zu finden. Im Haus müssen doch Fingerabdrücke gewesen sein, in der Bank Kamera-aufnahmen oder was auch immer. Das Einzige, was sie machen, ist, dass Sie mich befragen. Ich bin das Opfer, verdammt noch mal! Nicht die Täterin!« Die Wut in mir lässt Tränen in meine Augen schießen. Dieser Beamte mit seinem faden Blick, dem Desinteresse an der Aufklärung! Der macht mich wahnsinnig!

»Gute Frau! Was ist denn groß passiert? Regen Sie sich nicht so auf«.

»Sie nennen das ›nichts passiert‹! Ich habe ein leeres Haus, keine Arbeitsstelle, kein Geld. Einfach nichts mehr! Und sie sagen, es ist nichts passiert!« Jetzt reicht es mir endgültig. Ich muss hier raus. »Gut, wenn Sie es so wollen. Bitte. Ich gehe jetzt. Für weitere Fragen stehe ich nicht mehr zur Verfügung. Wozu auch.«

Ich gehe so schwungvoll aus dem Raum, dass die Türe hinter mir mit einem lauten Knall ins Schloss fällt. Mein Weg führt mich in die Innenstadt. Dorthin, wo der Hinterhof liegen muss. Irgendetwas muss es an Beweisen dort unten geben. Und wenn es ein winziges Papierschnitzel ist. Ich finde es.

Ich muss mein Leben wieder in eine ordentliche Bahn bringen. Das geht aber nur, wenn ich diese Sache abschließe, und weiß, wer sich hinter den Schatten verbirgt. An Hexen und Zauberer glaube ich nicht, das alles muss einen menschlichen Ursprung haben.

Den Hinterhof zu finden, ist schwerer als gedacht. Denn in der Aufregung habe ich nicht darauf geachtet, wie das Haus von der Straßenseite aus aussieht. Und es ist ein Unterschied, ob es Tag oder Nacht ist. Wenigstens die Straße merkte ich mir. Es braucht einige Versuche, bis ich glaube, den richtigen Hof gefunden zu haben. Alles sieht so aus, wie ich es in meiner Erinnerung finden kann. Nur die Abdeckung finde ich nicht. Auch der Boden sieht anders aus. Viel sauberer, frischer.

Ganz ohne Erfolg möchte ich diesen Ort nicht verlassen. Also nehme ich das Haus genauer unter die Lupe. Es ist ein sehr altes Haus. Ebenerdig gibt es einen Eingang und dann noch eine etwas windschiefe, verrostete Wendeltreppe, die zu einem offenen Gang im ersten Stock führt.

Von oben nach unten aufräumen, das sagte meine Mutter schon. Also die Wendeltreppe zuerst. Da die Bewohner des Hauses das Besteigen der Treppe täglich überleben, wird sie mein Gewicht schon aushalten. Zwar verursachen meine Schritte quietschende Geräusche, aber die Treppe hält.

Es gibt drei Wohnungen mit Fenstern neben der Türe. Alle scheinen bewohnt zu sein. Am Geländer zum Hof hängen Blumentröge. Alles ist sauber und aufgeräumt. Mit meiner Taschenlampe leuchte ich in Ecken und Winkel, zwischen die Blumen, aber es ist nichts hier. Wie aufgeleckt. Also wieder hinunter.

Die Türe im Hof verbirgt auch einen Abgang nach unten. Trotz der Worte meiner Mutter zieht es mich dorthin. Die Beleuchtung reagiert auf Bewegungsmelder, so brauche ich den Schalter nicht zu suchen.

Eine ziemliche Staubschicht bedeckt den Boden, allerlei Gerümpel steht bereits auf den Stufen nach unten. Jedes Stück nehme ich in die Hand, drehe es um, leuchte darunter. Hier muss etwas sein. Ich rieche das förmlich.

Das Absuchen der Stiege hat zwei Stunden gedauert. Hier, im direkten Keller des Hauses, ist es düsterer. Nur schwache Glühbirnen beleuchten den Weg, der aus gestampfter Erde besteht. Alle Türen zu den einzelnen Abteilen sind mit einem handelsüblichen Vorhängeschloss versperrt. Nur einer nicht. Hier ist die Holztür nur angelehnt. Das weckt meine Neugier und ich ziehe die Türe auf.

Ein erster Lichtstrahl meiner Taschenlampe durchschneidet die Finsternis, hinter mir huscht ein Schatten vorbei. Zumindest habe ich das Gefühl. Aber mein Licht trifft auf keine Wand, es verliert sich in der Ferne. Ich setze einen ersten Schritt in das Kellerabteil und leuchte alles ab. Es ist kein kleiner Kellerraum, es ist ein dunkler Gang, der in die Finsternis führt. Der Boden hat eine leichte Neigung nach unten und das Gefälle erhöht sich, je länger ich gehe.

Auf einmal macht der Gang eine Biegung. Etwas, was mich leicht verängstigt, da es Erinnerungen an den Tunnel in mir weckt. Aber ich muss einfach wissen, was am Ende ist. Mutig, aber sehr langsam, gehe ich weiter. Hinter der Biegung erwartet mich ein großer Raum. Die Decke ist mindestens sechs Meter vom Boden entfernt, und der Raum rund, mit ca. zehn Meter Durchmesser. An den Wänden sind Nischen unterschiedlicher Größe eingelassen. Alle verschlossen. An der rückwärtigen Seite ist eine riesige runde Abdeckung. Am Boden selbst steht nichts. Außer einem alten Farbkübel. Er ist leer, bis auf ein paar Rückstände fluoreszierender Farbe. Vor Schreck lass ich meine Taschenlampe fallen und laufe blind, in absoluter Finsternis, den Gang zurück. Mehrmals renne ich gegen die Wand, strauchle, aber ich muss weiter.

Endlich erreiche ich das Ende und sehe das Licht durch die offene Tür des Kellerabteils. Weg aus diesem Grauen ist mein einziger Gedanke.

Verschwitzt, zitternd und mit rasendem Atem erreiche ich den Hinterhof. Lehne mich an die Hausmauer. Angestrahlt durch das Tageslicht. Kurz schließe ich die Augen.

»Junge Frau, wie sehen Sie den aus!«

Ich schrecke zusammen und schreie, als diese Worte mich treffen.

»Ruhig, bin ja nur ich«.

Vor mir steht der Kriminalbeamte von heute. Er grinst von einem Ohr zum anderen.

»Dachte ich doch, dass sie den Hinterhof finden. Gibt es was Interessantes da unten?«

In kurzen Worten erzähle ich im von dem Raum und der Farbe. Umgehend ruft er die Spurensicherung und die Dinge nehmen ihren Lauf.

Drei Wochen sind seither vergangen. Ich sitze ausgeglichen und entspannt auf meiner neuen Couch im Wohnzimmer meines Hauses. Im Fernsehen läuft ein Thriller. Ziemlich spannend. Aber ich habe meinen Frieden wieder.

Die Nischen wurden aufgebrochen und darin befanden sich

alle Wertgegenstände, Schmuckstücke und Geld aus meinem Haus. Die runde Abdeckung war der Durchgang zum stillgelegten U-Bahn-Tunnel meiner Gefangenschaft. Auf der Seite zum U-Bahn-Tunnel war der große Mond aufgemalt und durch die leichte Wölbung der Abdeckung bekam er eine so magische Ausstrahlung. Auch fanden sich einige Lichtstrahler und Abdeckungen sowie Fernsteuerungen. Damit produzierte der Täter die Schattenspiele an die Wände.

Der Täter war schnell gefasst. Er war sich so sicher, dass sein Geheimnis nicht entdeckt wird, dass er überall seine Fingerabdrücke verteilte. Mein Ex-Mann, von dem ich seit Jahren nichts mehr hörte oder sah. Er hat mir nie verziehen, dass ich ihn wegen Körperverletzung anzeigte. Er wollte mich ruinieren. Finanziell und psychisch. Lange nahm er sich Zeit, um seine Rache zu planen. Er verursachte meinen »Zeitverlust« mit Hilfe eines befreundeten Mediziners, der mich in eine Art Tiefschlaf versetzte. So blieb ihm Luft für das Ausräumen meines Hauses.

Jetzt hat er zum zweiten Mal die Strafe; diesmal wird er wohl länger daran zu kiefeln haben.

Ende

Verena Grüneweg

Liebe bis in alle Ewigkeit

Liebe bis in alle Ewigkeit

Er schaute sie mit Tränen in seinen Augen an. Wunderschön lag sie da. Ihr seidiges langes Haar auf dem Kissen wie ein Fächer ausgebreitet. Es kam ihm vor wie ein Traum. Wie lange hatte er um diesen Augenblick gekämpft. Sich immer wieder vorgestellt, wie es sein würde. Vorsichtig fuhr er mit den Fingern über ihre Brust. So weich die Haut, wie Samt. Sie war wirklich eine Göttin; anders konnte es nicht sein. Seine Göttin. Alles hätte er für sie getan, die Welt ihr zu Füssen gelegt. Langsam beugte er sich über sie und ließ seine Lippen ihren Körper hinuntergleiten. Sie schmeckte wie Honig, ein klein wenig salzig, aber das tat seinem Genuss keinen Abbruch. Er schloss die Augen und versank in diesem Augenblick. Nochmal sah er die Bilder der Vergangenheit vor sich. Es war schwer für ihn gewesen. Bei ihr zu sein und doch so weit entfernt. Dennoch all die Kraft, die er geben musste, war es wert gewesen. Er hatte alles erreicht, was er sich je erträumt hatte, denn nun lag sie hier neben ihm. Sie gehörte ihm.

Musik so laut – Technobeats ließen den Raum erbeben. Im Sekundentakt hämmerten sie aus den Boxen. Bumm Bumm Bumm, für ihn war das eine einzige Qual. Er liebte ruhige Musik, leise tönend im Hintergrund. Bach, Mozart, das war seine Welt. Dies hier, nun, wie sollte er es nennen, war für ihn einfach nur Krach.

Warum war er hier, stand alleine an der Bar rum und wusste nichts mit sich anzufangen? Das war nicht seine Welt, hier passte er nicht rein. Er wünschte, er hätte nein gesagt, als seine beiden Mitbewohner Theo und Pascal ihn gefragt hatten, ob er nicht mitkommen wollte in einen der angesagtesten Clubs der Stadt.

Er hatte sich geschmeichelt gefühlt. Es war das erste Mal gewesen, dass sie ihn überhaupt beachtet hatten. Häufig kam es ihm so vor, als wäre er für sie nicht vorhanden Immer schon war sein Leben von Einsamkeit geprägt gewesen. Früher, bevor er Chemie studierte und noch auf dem Gymnasium war, hatte er sich sein Alleinsein schön geredet. Er sah sich als Einzelkämpfer, zu intelligent für seine Mitschüler. Etwas Besonderes. Seine Eltern unterstützten ihn und bestätigten ihm, dass es so wäre. Sein einziger Lebensinhalt war das Lernen. Immer wieder etwas Neues herausfinden, es analysieren und begreifen. Die Wissenschaft war für ihn wie ein großes Mysterium, das entschlüsselt werden musste. Die anderen Schüler hielten ihn und sein Verhalten für komisch. Sie konnten nicht wirklich etwas mit ihm anfangen, und so war er zum Außenseiter geworden.

Seit er mit dem Studium begonnen hatte, lebte er in der WG mit Pascal und Theo. Aus Kostengründen war ihm nichts anderes übrig geblieben. Dies war ein anderes, neues Leben. Auch wenn er es sich nicht wirklich eingestehen wollte, er begann sich zu verändern. Der Wunsch war in ihm erwacht und immer größer geworden, so wie die beiden zu sein. Er wollte Mädchen kennenlernen, Spaß haben, das erleben, worüber sie sprachen. Hier war er kein Einzelkämpfer mit einem IQ von 140, denn davon gab es einige auf dieser Universität. Zwar wurde er akzeptiert, seine Meinung zu Schulstoff war gefragt, doch wenn es um die Freizeit ging, war er wieder außen vor.

Nur heute Abend, da hatten sie ihn als Ihresgleichen wahrgenommen, und er hatte glücklich zugesagt. So stand er also hier, nippte an seiner Cola und erwehrte sich der drängenden Masse, die ihn immer wieder an die Theke drückte. Seine beiden Begleiter waren schon lange nicht mehr in Sicht. Gleich nachdem sie den Club gemeinsam betreten hatten, waren sie verschwunden. Schlussendlich kam er zu der Erkenntnis, dass es das Beste wäre, seine Cola auszutrinken und zu gehen.

Gesagt, getan – Er drehte sich um und versuchte, sich durch das Gedränge Richtung Ausgang zu schieben. Da sah er sie. Wie erstarrt blieb er stehen, unfähig, noch einen Schritt weiterzugehen. Da war sie, seine Traumfrau. Vom ersten Augenblick an war ihm das klar. Nein, sie war keines dieser Magermodels, die immer perfekt zurecht gemacht irgendwo kichernd rumstanden. Mal abgesehen davon, dass diese Mädchen ihn sowieso nie beachteten, waren sie auch nicht wirklich das, was er wollte. Sie dagegen wirkte in seinen Augen wunderschön. Blondes Haar, das ihr lang den Rücken herunterfiel. Ein wenig zu viel auf den Rippen, würden die anderen sagen; er allerdings nannte es weiblich. Ein kleines Gesicht mit strahlenden Augen, die unter einem Käppi hervorlugten. Ihre Blicke kreuzten sich, und er glaubte es kaum, sie lächelte ihn an. Mut, sagte er sich, ich brauche jetzt ganz viel Mut! Obwohl er das Gefühl hatte, seine Beine würden ihm nicht gehorchen, steuerte er zögernd auf sie zu.

Swantje war ein einfaches Mädchen. Gerade die Mittelschule abgeschlossen, wusste sie noch nicht wirklich, was sie mit ihrem Leben anfangen sollte. Eine Lehrstelle hatte sie noch nicht, also würde sie erstmal die Zeit überbrücken und auf die Berufsschule gehen. Was hieß überbrücken; es war ja nicht ihre Entscheidung gewesen. Vater Staat schrieb das so vor. Ihr Freund hatte heute Abend per SMS mit ihr Schluss gemacht. Er ging ins Ausland, und auf so eine große Distanz eine Beziehung zu führen, hielt er für unmöglich. Sie hätte es getan. Auf ihn gewartet, geschrieben, geskyped. Heutzutage war doch so vieles möglich. Michael, so war sein Name, hatte es nicht einmal mehr nötig gehabt, ihr persönlich die schlechte Nachricht zu überbringen. Gestern noch verbrachten sie die Nacht miteinander und heute nun das.

Sie wurde das Gefühl nicht los, dass er schon lange mit dem Gedanken gespielt hatte. Jetzt war sie also wieder Single. Swantje war wütend und traurig zugleich. Mit dem Handy saß sie auf ihrem Bett und las die SMS wahrscheinlich zum fünfzigsten Mal. Zusammen hatten sie auf die Technoparty im Club gewollt, nochmal richtig einen drauf machen. Und nun saß sie hier alleine rum und blies Trübsal. Sie lehrte die Flasche Wein, die zu ihren Füßen stand und schnappte ihre Zigaretten. Ein kurzer Blick in den Spiegel sorgte auch nicht dafür, dass sie sich besser fühlte. »Ach scheiß drauf, dann feiere ich eben alleine«, mit diesen Worten schnappte sie sich ihr Käppi und ihre Jacke. Sie würde ihren Spaß haben, mit oder ohne Michael.

Swantje langweilte sich. Die Musik war schlecht, und auch sonst gefiel ihr hier heute rein gar nichts. Von Spaß haben ganz zu schweigen. Keine ihrer Freundinnen war auf der Party, und so stand sie die ganze Zeit alleine herum. Nur Michaels Kumpanen liefen ihr immer wieder über den Weg. Ihr schadenfrohes Grinsen brachte sie fast zur Weißglut. Der Alkohol tat mittlerweile auch seine Wirkung, und sie überlegte, ob es nicht besser wäre, nach Hause zu gehen. Die Zeit, die sie hier bereits verbracht hatte, war reinste Verschwendung gewesen. Da bemerkte sie, dass sie beobachtet wurde. Der Typ an der Theke schaute sie an. Eigentlich war er nicht ihr Fall, einfach zu normal. Eher schon wirklich langweilig. Trotzdem lächelte sie ihn an. War doch eh alles egal, da konnte sie sich auch mit ihm ein wenig unterhalten. Schaden würde es ihr bestimmt nicht.

Paul stand seiner Traumfrau gegenüber. Mit allen Mitteln versuchte er, irgendwie cool zu wirken, dabei hatte er keinen blassen Schimmer, was er mit seinen Händen anstellen sollte. Er fühlte sich linkisch und wie ein kleiner Junge. Schüchtern schaute er sie nur an, und peinliches Schweigen breitete sich zwischen ihnen aus.

»Mein Gott, ist das laut hier«, brüllte er gegen den Lärm an. (Na bravo, Paul, das war wirklich der intelligenteste Satz, um dieses Mädchen kennenzulernen); in Gedanken stellte er sich schon auf eine Abfuhr ein. Swantje, die seine Unsicherheit bemerkte, musste lächeln. Die anderen Typen, die sie sonst so kennenlernte, waren genau das Gegenteil von ihm. Irgendwie wirkte sein Verhalten süß, so wie bei einem kleinen Kind, das einen mit großen Kulleraugen anschaute. Um ihn nicht noch länger zappeln zu lassen, übernahm sie jetzt die Initiative:

»Stimmt. Ich bin Swantje. Wenn du Lust hast, können wir in den Nebenraum gehen, da ist es etwas ruhiger«. Ohne eine Antwort von ihm abzuwarten, lief sie los. Er folgte ihr brav wie ein Hündchen.

Am nächsten Morgen erwachte sie mit einem Kopf, der sich schwer wie Blei anfühlte. Langsam öffnete sie die Augen, um sie gleich wieder zu schließen. Das grelle Sonnenlicht tat ihr weh. Dann versuchte sie es erneut und schaute sich um. Das Zimmer, in dem sie war, kannte sie nicht. Es war ihr völlig fremd. Oh nein, dachte Swantje, als langsam die Erinnerung an die letzte Nacht zurückkehrte. Sie hatte mit Paul in der Afterlounge viel geredet, d.h. sie hatte hauptsächlich geredet, während er sie nur anschaute. Ein Glas Tequila nach dem anderen hatte er ihr ausgegeben, und irgendwann waren sie dann zu ihm gegangen. Immer noch wütend auf Michael, begann sie, ihn zu küssen, und alles andere hatte seinen Verlauf genommen. OK Swantje, das war also dein erster One-Night-Stand gewesen. Sie hatte keine Lust, mit Paul eine Beziehung einzugehen und hoffte, irgendwie aus dieser prekären Lage rauszukommen. Ihr Blick schweifte im Zimmer umher. Sie mochte es nicht. Es wirkte so kalt, so steril.

Nichts an den Wänden, keine Bilder oder sonst irgendetwas Persönliches. Fast ein wenig unheimlich. Langsam, um Paul nicht zu wecken, stand sie auf, schnappte ihre Kleider, die vor dem Bett verstreut lagen. Hastig zog sie sich an und lief auf Zehenspitzen zur Tür. »Guten Morgen, Prinzessin, gut geschlafen?«. Eine schlaftrunkene Stimme kam vom Bett. Sie stoppte, Paul war wach. »Hmm, hab ich, aber ich muss los, meine Eltern werden sich schon wundern, wo ich bleibe«. Etwas anderes war ihr so schnell nicht eingefallen. Paul stand auf und zog sich an, dabei sagte er keinen Ton. Die Stille im Zimmer erzeugte eine unangenehme Atmosphäre; nur das Ticken der Uhr an der Wand war zu hören. »Ich ruf dich an, ok?«, Swantje fiel nichts anderes ein, was sie sagen könnte und kam sich fast wie die miesen Typen vor, die ein Mädchen ausgenutzt hatten. Ihr war in diesem Moment schon klar, dass sie sich nie wieder bei ihm melden würde. Eigentlich musste ihm das auch bewusst sein, dachte sie. Aber Paul reagierte nicht so, wie sie es erwartet hatte. »Klar, Prinzessin (sie hasste diesen Kosenamen!), wart mal einen Moment. Ich hab in der Küche Block und Stift, damit ich dir meine Telefonnummer aufschreiben kann«. Gemeinsam gingen sie in die Küche, und es kam ihr unendlich lang vor, bis er endlich fertig mit dem Schreiben war. Sie war froh, als er ihr den Zettel mit seiner Telefonnummer in die Hand drückte und sie gehen konnte.

An der Haustür versuchte er noch, ihr einen Kuss zu geben, doch sie wich aus, indem sie so tat, als ob sie etwas aus ihrer Handtasche holen müsste. Draußen auf der Straße atmete sie tief durch. Dieses Kapitel ihres Lebens würde sie schnellstmöglich abschließen. Kaum drei Schritte weiter zerknüllte sie den Zettel und lief eilends weiter. Für sie war das Thema Paul damit abgehakt.

Jeden Tag, wenn Paul nach Hause kam, schaute er zu allererst auf den AB. Keine Nachrichten vorhanden, auch seine Mitbewohner sagten ihm das Gleiche. Es dauerte sehr lange, bis er begriffen hatte, dass sie sich nie melden würde. Er suchte Gründe, verstand es nicht. Die Nacht war doch wunderschön gewesen. Was hatte er falsch gemacht? Fragen quälten sein Gehirn. Er versuchte, sich auf sein Studium zu konzentrieren, aber immer wieder sah er ihr Gesicht vor seinen Augen. Sie verfolgte ihn bis in den Schlaf. Was wusste er von ihr? Mehr als ihren Namen kannte er nicht. Hatte keine Ahnung, was sie tat, wo sie lebte. Nur ein lausiger Namen, mehr war ihm nicht geblieben. Als dann noch seine Mitbewohner begannen, dumme Sprüche ihm gegenüber los zu lassen, von wegen na, versetzt worden, warst du nur ein kleiner Toy-boy und ähnliches, beschloss er, sie zu finden. Irgendwie würde er es schaffen, etwas über sie herauszufinden.

Swantje dachte kaum noch an die Nacht. Warum auch? Für sie war es nur eine Rache gegenüber Michael gewesen. Paul war ihr völlig egal. Nicht der Rede wert. Ihr Alltag an der Berufsschule begann. Sie lernte neue Leute kennen, und ihr Leben ohne Michael und seine Freunde nahm seinen Lauf. Sie fühlte sich wohl, hatte Spaß, und selbst die Schule gefiel ihr. Dieses Wochenende plante sie mit einigen Mädels aus ihrer Klasse, in den Club zu gehen, um Party zu machen. Vielleicht würde sie jemanden kennenlernen, der ihr gefiel. Mittlerweile war

50

sie ja über Michael hinweg und bereit, eine neue Beziehung einzugehen. Sicher war sie sich nur, dass sie nicht wieder einen One-Night-Stand haben würde. Das war wirklich nicht ihr Ding, und eine erneute Erfahrung wie mit Paul am Morgen danach bräuchte sie auch nicht nochmal. Daran gab es für sie keinen Zweifel.

Samstag, Paul saß vor seinen PC, Facebook, Twitter durchforsten; irgendwo, irgendetwas von ihr musste doch zu finden sein. Seine Mitbewohner waren mal wieder feiern gegangen. Nein, diesmal hatten sie ihn nicht gefragt, aber er wäre sowieso nicht mitgegangen. Er hatte Wichtigeres zu tun. Ein Blick auf die Uhr zeigte ihm, dass es schon sehr spät war. Es war Zeit, den Tag zu beenden und schlafen zu gehen. Morgen war auch noch ein Tag, um weiterzumachen. Er fuhr den PC runter und wartete einen kurzen Moment. Das Haus war still, er mochte das. Es erleichterte ihm das Nachdenken. Das An-sie-Denken, sich vorzustellen, wie es sein würde, wenn er sie finden würde. Alles würde sich aufklären, bestimmt! Und dann, wenn sie geredet hatten, wären sie ein Paar. Er hatte doch gemerkt, als sie zart mit ihrer Hand seinen Körper streichelte, dass auch sie etwas für ihn empfand. Sie hatte gestöhnt, als er in sie eindrang, laut, ihn an sich gezogen. Für ihn war es das erste Mal gewesen, und er würde es nie vergessen. Keine andere würde jemals diese Empfindungen in ihm auslösen können. Er wollte dieses Gefühl nochmal mit ihr gemeinsam erleben. In Gedanken versunken, hatte er nicht mitbekommen, dass die anderen nach Hause gekommen waren. Gelächter strömte durch den Flur. Eine Frauenstimme, sie kam ihm bekannt vor. Im ersten Moment wollte er nachschauen gehen, wer das war, aber als er aufstand und an sich herunterschaute, bemerkte er, dass er eine Erektion hatte. Er schämte sich. Das durfte nicht passieren. Ihm war bewusst, dass die Gedanken an Svenja schuld an seinem sexuellen Trieb waren. Dreckig, seine Gedanken waren dreckig, ihre Liebe war rein. Das Verlangen, das er verspürte, durfte nur da sein, wenn sie wieder bei ihm war. Er würde sich aufheben für diesen Augenblick, der alles ändern würde. Voller Wut schlug er auf seinen Penis, kniff hinein. Der Schmerz war kaum auszuhalten, aber er biss die Zähne zusammen. Keinen Laut durfte er von sich geben; das musste er für seine Göttin ertragen können. Wieder schlug er zu, jetzt begann der Schmerz, sich gut anzufühlen. Noch einmal und noch einmal, er stöhnte auf. Dann bemerkte er, dass eine klebrige Flüssigkeit an seinen Beinen herunterlief.

Swantje stand in der Küche, nur mit einem langen Shirt und ihrem String bekleidet. Sie suchte nach dem Kaffeepulver. Chaos pur, eben eine typische WG-Küche. Ein wenig unordentlich, aber trotzdem richtig gemütlich. Nicht so spießig wie die ihrer Eltern. Sobald sie Geld verdiente, würde auch sie sich ein WG- Zimmer nehmen. Sie öffnete den oberen Küchenschrank und fand das, was sie gesucht hatte. Jetzt erstmal Kaffee für alle kochen. Pascal hatte ihr letzte Nacht erzählt, dass sie hier zu dritt wohnten. Theo kannte sie bereits. Er war nett und lustig. So wie er sagte, war der dritte im Bunde ein komischer Kauz, aber er zahlte pünktlich seine Miete und ging nicht wirklich irgendjemandem auf den Nerv. Einen Namen hatte er nicht gesagt, immer nur „Der Freak!", naja, sie würde schon mit ihm klarkommen. Pascal war ihr Traumtyp. Nett, locker drauf, ganz so, wie sie sich einen Freund vorstellte. Nein, sie hatte nicht mit ihm geschlafen und war ihren Vorsätzen treu geblieben. Er hatte es nicht einmal versucht. Sie hatten geredet und sich einfach gut verstanden. Nachdem der Club geschlossen hatte, war sie mit zu ihm gegangen. Irgendwie waren ihr der Weg und die Wohnung bekannt vorgekommen. Sie war hier, glaubte sie, schon mal gewesen, zumindest in dieser Straße. Aber so richtig erinnern konnte sie sich auch nicht. Egal, die Nacht war toll gewesen, und sie hoffte wirklich, dass mehr daraus werden würde. Sie hörte Schritte hinter sich und drehte sich lächelnd um, in der Erwartung, Pascal wäre aufgestanden und in die Küche gekommen. Mitten in der Bewegung stoppte sie, Paul stand direkt hinter ihr und starrte sie an. In seinen Augen war etwas..., wirklich beschreiben konnte sie es nicht, aber es machte ihr Angst. Für einen Augenblick herrschte absolute Stille im Raum. Swantje wollte irgendetwas sagen, doch sie brachte keinen Ton heraus. Auch Paul gab keinen Laut von sich. »Morgen, ach, ihr habt euch schon kennengelernt«.

Ohne von den beiden bemerkt zu werden, war Pascal in die Küche gekommen. Schlagartig änderte sich der Gesichtsausdruck von Paul, er lächelte. Swantje hatte das Gefühl, niemals vorher so erleichtert über die Anwesenheit einer Person gewesen zu sein. Paul drehte sich von ihr weg und schenkte sich einen Kaffee ein. »Ja, das haben wir«, ein leicht bissiger Ton schwang in seiner Stimme mit. Pascal schien ihn nicht zu hören oder einfach nur nicht zu beachten. Er trat auf Swantje zu und nahm sie in den Arm. »Na, gut geschlafen, Mäuschen?«, »Hmmm, bestens«, sie erwiderte die Umarmung, obwohl es sich in der Gegenwart von Paul nicht richtig anfühlte. Ihr war klar, der Zeitpunkt würde kommen, dass sie das Ganze klären musste. Nur nicht jetzt, dachte sie. »Na dann, ich hab noch was zu tun«, Paul zögerte kurz, aber da keiner ihn beachtete oder etwas sagte, ging er auf sein Zimmer.

»Sag mal, war irgendetwas vorgefallen zwischen euch? Es herrschte eine komische Atmosphäre, als ich hier reinkam«, Pascal schaute Swantje fragend an. »Nee, alles bestens, bis auf, naja, ich steh hier mit verdammt wenig an, weißt du, das war mir ein wenig unangenehm«. Sie war sich bewusst, dass es verkehrt war, ihm nicht die Wahrheit zu sagen. Dass sie mit Paul einen One-Night-Stand gehabt hatte. Sie wollte nicht, dass er einen falschen Eindruck von ihr bekommen würde. Sie für eine Schlampe hielt, die mit jedem mitging. Also vermied sie einfach das Thema. »Ach so, naja, ich weiß, er ist schon irgendwie sonderbar, und ich kann mir bildlich seinen Gesichtsausdruck vorstellen...«, nein, das kannst du nicht, dachte Swantje insgeheim, »... aber er wird sich schon an deinen Anblick, übrigens wirklich kein schlechter, gewöhnen«. Swantje freute sich über seine Worte. Innerlich nahm sie sich vor, die nächsten Tage alleine mit Paul zu reden. Jetzt würde sie erstmal die Zeit mit Pascal genießen.

Blind vor Tränen der Wut in den Augen lief Paul in sein Zimmer. Nur fort von den beiden. Er hätte schreien können vor Schmerz. Als er in die Küche kam und sie da im Shirt halb nackt stehen sah, dachte er im ersten Moment, er würde träumen. Doch das hielt nicht lange an. Schnell wurde ihm klar, sie war

Realität und hatte die Nacht mit einem von seinen beiden Mitbewohnern verbracht. Vielleicht auch mit beiden? Göttin? Schlampe war wohl eher ihr Name. Am liebsten hätte er sie gegriffen, geschlagen, ihr einfach nur wehgetan. Zu groß war sein Schmerz über die Enttäuschung gewesen. Statt das zu tun, was er am liebsten getan hätte, war er einfach nur erstarrt. Hass war in ihm aufgeflammt. Er schlug mit der Faust gegen die Wand. Er wollte schreien, doch auch das konnte er nicht tun, sie würden ihn hören. »Beruhige dich«, flüsterte er, »beruhige dich«, und drückte seine Nägel in die Handflächen. Beruhige dich. Immer wieder sprach er die Worte vor sich hin. Als er seine Fäuste öffnete und anschaute, sah er, dass seine Nägel blutige Abdrücke in den Handflächen hinterlassen hatten. »Beruhige dich«.

Wochen gingen dahin, ohne dass Swantje mit Paul geredet hatte. Irgendwie gab es nie die passende Möglichkeit. Entweder sah sie ihn nicht und wenn, dann waren sie beide nicht allein. Nicht dass Swantje das bedauerte, im Gegenteil, eigentlich war es ihr nur recht. Beruhigt war sie dadurch allerdings auch nicht. Alles lief gut, ihre Beziehung mit Pascal war toll und sie genoss es, bei ihm zu sein. Trotzdem konnte sie es nicht wirklich unbeschwert genießen; die Vergangenheit stand allgegenwärtig zwischen ihnen. So nahm sie sich vor, heute endlich die Situation mit Paul zu klären.

Jemand klopfte leise und vorsichtig an seine Zimmertür. Sofort war ihm klar, das konnte nur Swantje sein. Pascal und Theo hätten sich nicht die Mühe gemacht, anzuklopfen. Das taten die beiden nie. Was wollte sie? Wahrscheinlich mit ihm über das Gewesene reden. Alles klären, ihr kleines Herz erleichtern. Ihm war das egal. Er empfand nur noch Abscheu. Bisher hatte er es immer hinbekommen, ihr aus dem Wege zu gehen. Warum ließ sie ihn jetzt nicht einfach in Ruhe? Wieder klopfte es, diesmal ein wenig lauter. Es würde ihm nichts anderes übrig bleiben, als sie in sein Zimmer zu bitten. Ein wenig genervt rief er »Komm rein!«.

Swantje schluckte, bevor sie den Raum betrat. Wirklich wissen, was sie sagen sollte, tat sie nicht. Nur hoffen, dass ihr die richtigen Worte einfielen und er sie verstand. Lächelnd saß Paul auf einem Stuhl vor seinem PC. Alles hatte sie erwartet, nur das nicht. »Hey, setz dich doch!«, Paul stand auf und machte ihr auf seiner Coach Platz. Er selbst setzte sich in den Sessel, der ihr gegenüber stand. »Kann ich dir etwas zu trinken anbieten? Ich hab nur Wasser hier im Zimmer, aber wenn du was anderes möchtest, hole ich es dir gerne aus der Küche«. Swantje war fassungslos: Er überschlug sich fast vor Freundlichkeit. Trotzdem, sie wollte das schnell und sauber hinter sich bringen. Beruhigt sein würde sie erst, wenn sie wieder aus diesem Zimmer heraus war. »Nein danke, lieb von dir, aber ich habe keinen Durst. Paul, warum ich eigentlich hier bin, ist, dass ich mit dir über die eine Nacht reden wollte. Weißt du, ich war betrunken, und normalerweise mache ich so etwas nicht. Ich hoffe, du hast das nicht ernst genommen. Ich wollte dich nicht verletzen.« Besorgt sah Swantje Paul an, und erneut konnte sie kaum glauben, was geschah. Mit lockerer Stimme antwortete er: »Hast du nicht, mach dir keine Sorgen. Mir war klar, dass aus uns nichts werden würde. Und ehrlich, mir war es recht. Die Nacht war schön, aber mehr war es auch für mich nicht. Mach dir keine Gedanken, es ist alles ok«. Skeptisch runzelte Swantje die Stirn. Es passte irgendwie nicht zusammen, seine Reaktion nach der Nacht, dann das, was in der Küche vorgefallen war. Jetzt saß er bequem und völlig entspannt im Sessel und redete mit ihr, als ob nie etwas vorgefallen wäre. Er wirkte auf sie wie ein schlechter Schauspieler. Jedoch, was sollte sie dagegen sagen. Vielleicht bildete sie sich das alles auch nur ein, und dieses komische Gefühl war nur ein Produkt ihres Schuldbewusstseins. »Paul, jetzt möchte ich doch eine Cola, wenn du so lieb wärst«, »Hol ich dir, kein Thema«. Er ging aus dem Raum, und so blieb ihr ein wenig Zeit, sich alles durch den Kopf gehen zu lassen. Eigentlich konnte sie doch zufrieden sein; besser hätte es ja gar nicht laufen können. Sie nahm sich vor, auf seinen freundlichen Ton einzugehen und alles locker zu sehen. Konnte sie doch froh sein, das seine Reaktion so positiv war und alles ganz einfach erschien. Wer weiß, vielleicht würden sie sogar Freunde werden. So lächelte sie ihn an, als er mit der Cola in der Hand zurück ins Zimmer kam.

Nach dem Gespräch zwischen Paul und Swantje wurde alles besser zwischen den beiden. Häufig saßen sie in der Küche zusammen und unterhielten sich über alles Mögliche. Swantje musste sich sogar eingestehen, dass sie begann, ihn zu mögen. Gut, er war auf eine Art schon ein komischer Kauz, aber einer mit ganz viel Verständnis für ihre Probleme. Nie wirkte er genervt, wenn sie ihm mal wieder die Ohren voll heulte. Für sie wurde er immer mehr ein guter Freund, wenn nicht sogar der

Bruder, den sie nie hatte. Über die gemeinsame Nacht sprachen sie nie wieder. Es war fast so, als hätte es sie nicht gegeben.

Pascal beobachtete die beiden häufig. Er verstand nicht, warum Swantje den Kontakt zu Paul suchte. Zwischen ihnen war eine Vertrautheit, die er nicht nachvollziehen konnte. Nicht dass er eifersüchtig war, nein, das auf gar keinen Fall, aber irgendwie beunruhigte ihn das Ganze. Er sah etwas in Pauls Augen, in seinem Gesicht, etwas, was seine Freundin nicht zu bemerken schien. Mehrmals nahm er sich vor, mit ihr darüber zu reden. Doch jedes Mal, wenn sich die Gelegenheit bot, kam er sich lächerlich vor. Was sollte er auch zu ihr sagen, wusste er doch selber nicht, was ihn störte. Also ließ er es bleiben und hoffte, dass alles nur Hirngespinste von ihm waren.

»Swantje zieht bei uns ein«. Pascal hatte es ihm heute Morgen, bevor er zur Uni ging, gesagt. Nicht gefragt, ob es ihm recht sei; es war einfach so beschlossen worden. Theo war vor zwei Wochen ausgezogen, und sie brauchten einen neuen Mitbewohner, der die Kosten mit trug. Paul hatte gedacht, es würde wieder ein männlicher Student sein; dass das nun passierte, damit hatte er nicht gerechnet. Ohne ein weiteres Wort oder gar einen Einwand, der dagegen sprach, hatte er seine Jacke genommen und war zur Uni gefahren. Während der Lesungen versuchte er, sich auf das, was er hörte, zu konzentrieren - hoffnungslos. Immer wieder kreisten seine Gedanken um Swantje. So wie es bisher gewesen war, war es für ihn schon schwer genug. Er riss sich jeden Moment, den er mit ihr verbrachte oder sie einfach nur sah, zusammen. Häufig glaubte er, keine Luft mehr zu bekommen, zu stark waren seine Gefühle für sie. Er wusste nicht, was er mehr tat - sie lieben oder hassen. Nein, die Nacht hatte er nicht vergessen und auch das, was danach kam, war in seinem Kopf verankert. Dafür hätte er sie schlagen können, und wenn er darüber nachdachte, wollte er ihr wehtun, sie verletzen, sie schreiend um Gnade betteln hören. Jedoch in den Momenten, wenn sie beide miteinander redeten, lachten, überwog das Gefühl, sie einfach nur zu lieben, der Wunsch, sie einmal noch in den Armen zu halten, ihren Körper ganz nahe bei sich zu spüren. Manchmal, wenn er alleine in seinem Zimmer saß und es nicht mehr aushielt, nahm er ein Messer und schnitt sich die Haut an den Beinen auf. Er konnte einfach nicht anders. Es war wie ein Ventil. Der Schmerz fühlte sich gut an, wie eine Erlösung.

Kartons, Möbel und nochmal Kartons. Swantje hätte nie geglaubt, dass sie so viel Kram besitzen würde. Glücklich, aber völlig erschöpft saß sie auf ihrem Hab und Gut vor der verschlossenen Tür ihres neuen Zuhauses. Sie hatte nicht an den Haustürschlüssel gedacht, und eigentlich sollte Pascal auch da sein, um ihr zu helfen. Aber er war es nicht. Das war einer seiner Fehler; Zuverlässigkeit war nicht etwas, das ihn auszeichnete. Es blieb ihr nichts anderes übrig, als zu warten, bis er nach Hause kommen würde.

Paul stieg aus dem Bus und lief die Straße hoch zu der Wohnung. Schon von Weitem sah er die Mengen von Kartons und Möbel auf dem Bürgersteig vor der Wohnung stehen. Mittendrin mit zerzausten Haaren, Swantje. Heute war also der

Tag, an dem sie einzog. Auch das hatte man versäumt, ihm zu sagen. Pascal schien nicht da zu sein. Jedenfalls war er nicht zu sehen. Ein freudiger Schauer durchfuhr seinen Körper. Sie würden alleine sein. Für ihn war dies die Gelegenheit, ihr zu zeigen, dass er der Richtige für sie war. Er würde ihr helfen, für sie da sein und nicht wie Pascal sie hängen lassen. Freudestrahlend lächelnd ging er auf sie zu.

Erleichtert sah Swantje Paul auf sich zukommen. Die Wartezeit war ihr sehr lang erschienen, und die Müdigkeit ließ ihr beinahe die Augen zufallen. Ohne großartig zu fragen, schloss er die Tür auf und schnappte sich den ersten Karton, um ihn reinzutragen. Swantje tat es ihm gleich, und so dauerte es nicht lange, bis all ihre Sachen in der Wohnung verstaut waren. Während sie schleppten, machte sie ihrer Wut Luft. Schimpfte über Pascal und seine Unzuverlässigkeit. Paul nahm ihn in Schutz. Sprach von der Uni und dass ihm bestimmt irgendetwas Wichtiges dazwischengekommen sei. Swantje schimpfte weiter; allerdings fand sie immer mehr, dass Paul ein wirklich guter Freund von ihnen beiden geworden war. Jeder andere hätte ihr beigepflichtet, eventuell sie noch angestachelt. Er aber versuchte nur, sie zu beruhigen. Seine Art und seine Ruhe gefielen ihr immer mehr, er war wirklich ein herzensguter Mensch. Sie war froh, dass es ihn gab.

Gemeinsam schafften sie es schnell, alles in ihr neues Zimmer zu transportieren. Ihre Möbel waren ruckzuck aufgebaut, und allmählich meldete sich der Hunger bei ihnen beiden. Sie hatten nichts, worauf sie Appetit hatten, im Kühlschrank, und der Blick auf die Uhr zeigte, dass es mittlerweile schon 21 Uhr war.

Alle Läden in der näheren Umgebung hatten bereits geschlossen, also ließen sie sich eine Pizza vom Lieferservice kommen. Swantje machte sich allmählich Gedanken um Pascal. Ihre Wut war inzwischen verraucht und machte der Besorgnis um ihn Platz. Dass er sich überhaupt nicht meldete, war auch für ihn mehr als ungewöhnlich. Gerade als sie sich überlegt hatte, einige ihrer gemeinsamen Bekannten anzurufen, stürmte er herein. Er wirkte gestresst und abgehetzt. »Sorry, bitte nicht böse sein, Schatz, aber ich musste noch einem guten Freund bei seiner Vorbereitung auf eine Klausur helfen. Ich wollte dich anrufen, aber der Akku meines Handys war leer, und der Kollege hatte keines. Bitte verzeih mir!«. Swantje kamen die Entschuldigungen irgendwie fadenscheinig vor, jedoch war sie in diesem Moment einfach nur froh, dass er wieder da war. Sie wollte nicht mit ihm streiten; dazu fehlte ihr auch der Elan. Müde von dem ganzen Stress beließ sie es dabei.

Paul hatte sich ruhig verhalten, was sollte er auch großartig dazu sagen. Er beobachtete die beiden und sah den Zweifel in Swantjes Gesicht. Sie glaubte Pascal nicht wirklich. Ihm gefiel das, und ein kleines Lächeln spielte um seinen Mund. Die rosa Welt der Verliebten schien sich etwas verdunkelt zu haben. Vielleicht gab es ja doch noch eine Chance für ihn. In Gedanken versunken aß er seine Pizza auf und bekam nur die Hälfte von dem mit, was die beiden redeten. »..Paul war mein Held, er hat mir geholfen... «, »...nett von ihm, ich bin müde, wollen wir Feierabend machen?«. Ein etwas angenervter Unterton lag in Pascals Stimme. Paul war klar, er wollte ihn nicht mehr hier haben und mit Swantje alleine sein. »Ach, lass uns doch noch ein Bier zusammen trinken, ein bisschen plaudern«. Sie versuchte, nett zu sein, doch Paul hielt es für besser, jetzt zu gehen. War doch Pascal der Böse in diesem Moment und er der Held. »Ist schon ok, Swantje, das machen wir demnächst mal zusammen. Ich muss auch noch etwas für die Uni tun. Wünsche euch noch einen schönen Abend«. Paul erhob sich und gab Swantje die Hand. Doch sie zog ihn an sich und flüsterte ihm ins Ohr: »Danke, das war wirklich lieb von dir«. Pauls Herz pochte ihm bis zum Hals, ihren Körper wieder so nah zu spüren, ihren Duft zu riechen, und doch, sie gehörte nicht ihm. Er schloss für einen kurzen Augenblick die Augen, versuchte, all das festzuhalten. Dann aber, als er sie wieder öffnete und direkt in Pascals Gesicht schaute, schrak er zurück. Der Blick, den er ihm zuwarf, drückte Wut und Hass aus, als ob er ihn am liebsten schlagen würde. Abrupt löste Paul sich aus der Umarmung und ging mit schnellem Schritt in Richtung Tür. Ohne ein weiteres Wort öffnete er sie und verließ den Raum.

Swantje hatte nichts von Pascals Reaktion mitbekommen und verstand nicht, warum Paul so schnell gegangen war. Sie wollte nur nett sein, ihre Dankbarkeit zeigen. Es war schon komisch mit ihm: Mal war er wie der beste Freund und dann ohne Vorwarnung wieder der komische mürrische Kauz. Gerade als sie ihre Gedanken Pascal mitteilen wollte, stand dieser auf und nahm sie zärtlich in die Arme. Seine Hände begannen, ihren Körper zu streicheln, ihn zu erforschen. Als seine Lippen langsam ihren Hals zu ihren Schultern herunterwanderten, ließ sie sich einfach fallen. Nur noch genießen, was er mit ihr tat, mehr wollte sie nicht; über alles andere konnte man auch noch morgen reden. Paul war für Swantje in diesem Moment

Nebensache geworden.

Sie stöhnte, er hörte es so laut, zu laut. Rief seinen Namen, immer wieder, er hasste ihn. Bilder schwirrten in seinem Kopf, er wollte sie nicht sehen. Er presste die Hände an seine Ohren. Es half nichts - die Laute von ihm, wie ein Tier grunzte er, dröhnten weiter in ihnen. Er schnappte sich seine Kleidung, zog sich an und stürmte hinaus. Weg von hier, weg von ihnen. Nur einfach fort von alldem.

Mitten in der Nacht erwachte Swantje. Sie hatte schlecht geträumt, und nun suchte sie mit ihrer Hand nach Pascal. Sie griff ins Leere, er war nicht da. Mit dem Gedanken, dass er wahrscheinlich nur auf die Toilette gegangen war, schlief sie wieder ein.

Die Zeit verging rasend schnell. Mittlerweile wohnte Swantje ein Jahr in der WG. Ihre Beziehung mit Pascal, die am Anfang sehr schön gewesen war, begann abzukühlen. Gründe gab es eigentlich so gut wie keine. Doch er hatte sich verändert. Er war immer häufiger abweisend zu ihr, dann aber, wenn sie kurz davor war, Schluss mit ihm zu machen, wieder sehr liebevoll. Es wurde immer schwieriger für sie, damit umzugehen. Den richtigen Knacks aber hatte es gegeben, als vor einiger Zeit die Leiche ihrer früheren Freundin Sophie gefunden worden war. Nach langen und erfolglosen Suchen nach ihr hatte man sie in der Nähe der Uni erwürgt aufgefunden. Sie war schon längere Zeit tot gewesen. Irgendein Wort war in ihren Bauch eingeritzt worden. Doch aufgrund der Verwesung der Leiche war nicht mehr zu erkennen, was es bedeutete. Den genauen Todeszeitpunkt hatte sie nie erfahren, und sie wollte auch nichts mehr darüber wissen. Sie hatte Sophie sehr gern gehabt, und sie fehlte ihr. Das ganze Gerede ging ihr auf die Nerven, und sie vermied das Thema. Nur mit Pascal und Paul hatte sie versucht, darüber zu reden. Während Paul ihr zuhörte, sie tröstete, schien Pascal das alles völlig kalt zu lassen. Das Einzige, was er zu ihrer Trauer mit kalter Stimme sagte, war: »Du lebst doch schon länger hier in dieser Stadt. Sie ist nicht die Erste, die ermordet wird, und sie wird auch nicht die Letzte sein. Das kommt immer wieder vor. Und wer weiß, vielleicht hatte sie ja selber schuld«. Sie schrie ihn an: »Wie kannst du das sagen? Keiner hat es verdient, so zu sterben«. Pascal hatte sie nur mit einem gelangweilten Blick angeschaut, war aufgestanden und gegangen.

Spät in der Nacht kam er zurück und war ohne ein weiteres Wort in sein Zimmer gegangen. Paul dagegen hatte lange bei ihr gesessen und sie einfach reden lassen. Zwischendurch nahm er sie in den Arm oder hielt ihre Hand. Er war ihr bester Freund geworden.

Swantje war nach diesem Vorfall klar, der Zeitpunkt war gekommen, die Beziehung zu Pascal zu beenden. Es gab nichts mehr, was sie dazu bewog, sie weiterzuführen. Schlussendlich bedeutete das zwar, dass sie ausziehen musste, denn gemeinsam mit ihm weiterhin in der WG zu leben, würde nicht funktionieren.

Es ging einfacher, als sie dachte. Er nahm es gelassen, ja fast schon gleichgültig, hin. Keine Einwände, kein Streit, rein gar nichts. Es fühlte sich für sie nicht richtig an, enttäuschend. Dennoch war sie insgeheim froh darüber, dass sie alles hinter sich hatte. Was sie aber wirklich überraschte, war, dass er ihr mitteilte, er hätte sich bereits in einer anderen WG ein Zimmer gesucht. Nun gut, also konnte sie bleiben. Gemeinsam mit Paul würden sie einen anderen Mitbewohner suchen und höchstwahrscheinlich auch sehr schnell finden. Der Rest ihrer Beziehungsgeschichte ließ sich schnell erzählen. Pascal packte, als beide nicht da waren, sein Sachen und zog aus. Er hinterließ keine Nachricht und verabschiedete sich auch nicht. Danach hörten sie nichts mehr von ihm. Fast war es so, als ob es ihn nie gegeben hätte.

Paul und sie verstanden sich bestens. Schnell hatten sie einen netten neuen Mitbewohner gefunden. Doch Frank war selten da und spielte nur eine nebensächliche Rolle.

Klar bemerkte Swantje, das Paul mehr für sie empfand, doch sie ging darüber hinweg und gab ihm keinen Anlass zu glauben, dass aus ihnen mehr werden könnte. Alles schien gut zu laufen. Sie hatte eine Ausbildung als Zahnarzthelferin bekommen, und auch das Studium von Paul lief gut. Es hätte alles so weitergehen können, doch da begann es.

Zuerst waren es nur Anrufe mitten in der Nacht. Ein hektisches Atmen am anderen Ende der Leitung, keine Antwort, wenn sie fragte, wer dran sei. Es nervte sie, aber wirklich ernst nahm sie es nicht. Es konnte schon mal vorkommen, dass irgendein Idiot sich einen Spaß daraus machte, anderen den Schlaf zu rauben. Die einfachste Lösung war, das Handy nachts abzustellen. Für eine kurze Zeit war Ruhe. Es war die Ruhe vor dem Sturm. Als ob jemand nur auf den Augenblick wartete, mit einem Paukenschlag ihre Sicherheit zu zerstören. Einen Monat nach dem letzten nächtlichen Anruf fand sie kleine Zettel mit krakeliger Handschrift, auf denen die Worte Schlampe oder Göttin standen, mehr nicht. Obwohl sie ein mulmiges Gefühl beschlich, zerknüllte sie die Nachrichten und schmiss sie weg. Idiot, was sollte der Scheiß? Sie nahm sich vor, dem Ganzen keine Aufmerksamkeit zu schenken. Sie vermutete, dass das das Beste wäre. Dass sie oft das Gefühl hatte, jemand folgte ihr wie ein Schatten, wenn sie spät von der Arbeit kam und nach Hause lief, jedoch, wenn sie sich umdrehte, niemand da war, tat sie als Hirngespinst ab. Auch heute Abend glaubte sie, Schritte hinter sich zu hören, doch als sie sich umschaute, war da nichts. Nervös kicherte sie vor sich hin, natürlich, Unsichtbare, die einem folgten, na klar. Demnächst würde sie noch an Hexen, Vampire oder Dämonen glauben. Es wurde Zeit, dass sie sich und ihre Panik wieder unter Kontrolle brachte. Trotzdem lief sie schneller, und ihr fiel ein Stein der Erleichterung vom Herzen, als sie endlich zuhause war.

Am nächsten Tag brauchte Swantje nicht zu arbeiten. Sie schlief lange, frühstückte ausgiebig und fühlte sich wohl in ihrer Haut. Sie hatte Lust, heute noch etwas mit ihren Freundinnen zu unternehmen. also nahm sie ihr Smartphone, um zu schauen, wer heute auf Facebook zu erreichen war. Sie öffnete ihren Account und erschrak fürchterlich. 200 neue private Nachrichten und unzählige Postings auf ihrer Chronik, die nur die Worte »Schlampe« oder »Göttin« enthielten. Der Name des Users war

Lutz SOWIESO. Ihre Hände begannen zu zittern. Am liebsten hätte sie das Handy in die Ecke weit weg von sich geworfen. Dennoch checkte sie auch ihren Twitter-Account. Schlampe, Göttin, Schlampe und nochmal das Gleiche. Unmengen von direkten Nachrichten, Tweets, an sie gerichtet, die jeweils eines dieser Worte enthielten. Wieder der gleiche Name Lutz SOWIESO. Das war nicht nur ein Spaß auf ihre Kosten von jemandem, der nichts Besseres zu tun hatte; das hier wurde Ernst! Swantje saß da und starrte das Smartphone an - Sie musste etwas unternehmen, sofort. Gott sei Dank war Paul zuhause; er war ihr Freund und würde ihr helfen können.

Paul hatte gerade begonnen, die Zutaten für den heutigen Pizza-Abend, den beide geplant hatten, vorzubereiten. Völlig entspannt stand er am Waschbecken und summte ein Lied vor sich hin, als Swantje völlig fassungslos in die Küche stürmte. Erstaunt schaute er auf und blickte sie fragend an. Als er sah, dass die Tränen anfingen, ihre Wangen herunterzukullern, nahm er sie in den Arm. »Hey, was ist denn los, nicht weinen, ich bin doch da«. Stammelnd und mit sich überschlagender Stimme erzählte sie ihm alles. »Ach komm, so schlimm wird das nicht sein. Nur ein blöder Idiot, der sich die Zeit vertreibt. Ich schau mir das mal an«. Wie gut, dass es Paul gab; er war immer wieder ihr Retter in der Not. Erleichtert folgte sie ihm in ihr Zimmer. Er würde schon wissen, was zu tun ist und eine Lösung finden.

Nebeneinander setzten sie sich vor ihren PC. Paul begann, sich alles durchzulesen und schüttelte immer wieder den Kopf. Ab und zu zischte er »was ein Arschloch«. Dann begann er zu schreiben und immer wieder neue Tasten auf der Tastatur zu drücken. Swantje, die nicht allzu viel Ahnung von Computern hatte, schaute ihm nur zu und ließ ihn, ohne ihn zu unterbrechen, gewähren. Er war so vertieft in das, was er tat, das er gar nicht mehr mitzubekommen schien, dass sie noch anwesend war. Sie schaute in sein Gesicht und betrachtete es in aller Ruhe. Wie hatte er sich verändert, wenn sie so zurückdachte, wie er mal gewesen war. Eine Haarsträhne fiel ihm ins Gesicht, und automatisch hob Swantje ihre Hand, um sie zurückzustreichen, doch dann stoppte sie. Sein Gesichtsausdruck hatte sich verändert, das Lächeln, das seinen Mund umspielte, wirkte nicht so, als ob er sich Sorgen um sie machte, eher als ob er sich freute. Es spiegelte eine Zufriedenheit wider, die gerade jetzt nicht wirklich passte. Sah sie schon Gespenster, hatte sie Paranoia? Sie wendete den Blick ab, versuchte, sich zu beruhigen. Er würde ihr nichts tun, konnte nicht hinter all dem stecken; er war doch ihr Freund. Als sie ihn wieder anschaute, hob er den Kopf und nickte ihr beruhigend zu. Der vorherige Gesichtsausdruck war verschwunden. »So, Swantje, alles erledigt. Wer auch immer dieser Lutz SOWIESO ist, ich habe ihn geblockt und gemeldet. Bitte nimm vorerst keine Freundschaftsanfragen oder ähnliches an. Er könnte nochmal versuchen, mit einen anderen Namen auf deinen Account zuzu-greifen«. Erleichtert registrierte sie, dass er wieder so war, wie sie ihn kannte. Hilfsbereit und voller Tatendrang. Das vorhin musste sie sich eingebildet haben. Ihre Angst hatte ihr nur einen Streich gespielt. »Bist du sicher, dass er jetzt keine Chance mehr hat, mich zu belästigen?«. Hoffend auf eine gute Nachricht schaute sie ihn zweifelnd an. »Nicht im Internet, solange du das beachtest, was ich dir gesagt habe«. Das würde sie... Erschöpft von der ganzen Sache wollte sie nur noch schlafen. Die Lust, den Nachmittag mit ihren Freundinnen zu verbringen oder auf einen gemeinsamen Pizza-Abend mit ihm war ihr gründlich vergangen. Paul zeigte Verständnis, wie er es immer tat, und Swantje zog sich in ihr Zimmer zurück. Sie schlief nicht gut, ihre Träume holten sie immer wieder ein. Ein Mann, der sie verfolgte, sie ergriff und quälte. Mehrmals wachte sie schweißgebadet in der Nacht auf. Die Dunkelheit, die sie dann umgab, sorgte für weitere Anspannung. Also machte sie irgendwann die kleine Nachttischlampe an und wartete auf den Morgen.

Paul hatte sie am Morgen nicht gesehen, er schien frühzeitig aus dem Hause gegangen zu sein; auch sie musste zu ihrer Arbeit. Normalerweise hatte sie keine Lust dazu, doch heute war sie froh darüber, von ihren Gedanken abgelenkt zu werden.

Der Tag verging und nichts passierte. Auch die nächsten drei Wochen blieb alles ruhig. Langsam entspannte sich Swantje, glaubte fast, dass jetzt alles gut sei. Dass Paul dafür gesorgt hatte, dass der Stalker (so nannte sie mittlerweile den Menschen, der sie belästigt hatte) sie in Ruhe ließ. Vielleicht hatte er ja Schwierigkeiten bekommen, weil sie ihn gemeldet hatten. Auf jeden Fall war sie froh, dass ihr Leben wieder in normalen Bahnen verlief.

Dieses Wochenende hatte Swantje das Haus ganz für sich alleine. Paul war am Donnerstagabend zu seinen Eltern gefahren. Mehrmals fragte er sie, ob sie auch wirklich alleine klar kommen würde. Seine Sorgen um sie waren wirklich lieb. Manchmal dachte sie darüber nach, ob er vielleicht nicht doch der Richtige für sie wäre. Auf keinen Fall würde er ihr wehtun. Da sie sich aber nicht sicher war, machte sie keinerlei Andeutungen ihm gegenüber. Sie wollte ihn nicht noch einmal verletzen. Ein paar Tage ohne ihn würden ihr helfen, sich darüber klar zu werden, was sie wirklich empfand.

Swantje holte den Schlüssel aus ihrer Handtasche, um die Haustür aufzuschließen, da merkte sie, dass diese bereits einen Spalt offen stand. Wahrscheinlich war sie, wie so oft morgens, wieder mal zu schusselig gewesen, sie richtig zuzuziehen. Wäre ja nicht das erste Mal. Sie öffnete die Tür ganz und trat ein. Auf dem Boden lagen Rosenblätter, leise Musik kam aus ihrem Zimmer. Männerparfüm lag in der Luft.

Swantje zögerte, bevor sie weiterging. Angst beschlich sie. Eigentlich wollte sie umdrehen, herausrennen, fort von hier. Aber ihre Füße bewegten sich einfach weiter. Es konnte nur Paul sein, bestimmt war er es. Wollte sie überraschen. Wusste sie doch schon seit ewigen Zeiten, dass er sie liebte. Wenn sie jetzt gehen würde, es würde ihm das Herz brechen. Immer wieder formulierte sie diese Worte in ihrem Kopf, fast schon wie ein Gebet. Doch die kleine Stimme in ihrem Kopf wisperte: »Was ist, wenn er es nicht ist? Geh jetzt, lauf weg!«. Und dennoch sie tat es nicht. Mechanisch einen Fuß vor den anderen setzend lief sie vorsichtig über die Rosenblätter, bis sie vor ihrer Zimmertür stand. Sanft waren die Klänge der Musik, einlullend, wunderschön. Das musste Bach oder Mozart sein. Ganz langsam öffnete sie die Tür und erstarrte, als sie ins Innere des Zimmers sah.

Sie war da, seine Göttin. Das war sie immer gewesen.

Einzigartig; es gab keine wie sie. Monatelang hatte er jeden einzelnen Schritt von ihr beobachtet. Oh ja, er liebte sie, und dennoch hatte es sie nicht interessiert. Glücklich war sie ohne ihn gewesen, diese Schlampe. Sie war wie all die anderen Göttinnen vor und nach ihr. Eigentlich waren sie nur Miststücke, seiner nicht wert. Wie sie da stand, schön, so wunderschön. Ihren Körper, den er schon kannte. Beinahe glaubte er, sie zu fühlen, sie zu riechen, zu schmecken. Einmal noch wollte er sie. Ihr ganz nahe sein.

Unfähig, sich zu bewegen, stand sie in der Tür. Alles hatte sie erwartet, nur das nicht. Ihn nicht. Langsam wie ein Raubtier kam er auf sie zu. Sie kannte dieses Gesicht und wiederum auch nicht. Denn der Mensch, der sie anschaute, war von Hass zerfressen. Seine Augen hatte nichts Menschliches mehr an sich; nur der blanke Wahnsinn spiegelte sich in ihnen. Endlich löste sich ihre Starre. Sie drehte um und rannte los auf die Haustür zu.

Wie ein verängstigtes kleines Kaninchen schaute sie ihn an. Gut so, er mochte das. Oh, wie sie rannte, aber er war schneller! Sie waren alle zu langsam für ihn gewesen. Er erreichte sie, packte sie am Hinterkopf, fasste in die langen Haare. Sie zappelte, versuchte, sich zu befreien. Doch das ließ er nicht zu. Er trat ihr in den Rücken, sie fiel, schrie. Warum taten sie das immer? Sahen seine Göttinnen nicht, dass es sinnlos war? An den Haaren schleifte er sie hinter sich her zurück ins Zimmer. Ruhig sollte sie sein. Dieser grelle Ton machte ihn verrückt. Dann schlug er zu.

Sie schrie... Versuchte, sich zu befreien. Zwecklos. Er war wie von Sinnen. »Bitte hör auf, bitte, du tust mir weh!«. Swantje versuchte, mit ihm zu reden. Dann spürte sie den Schlag, und um sie wurde es Nacht.

Paul lief die Straße entlang. Eigentlich hatte er vorgehabt, das ganze Wochenende bei seinen Eltern zu verbringen. Aber heute Morgen hatte ihn ein Gefühl beschlichen, das er nicht kannte. Unruhe hatte ihn ergriffen und ließ ihn nicht mehr los. Seine Gedanken kreisten um Swantje, um das, was vorgefallen war. Es war viel zu früh gewesen, sie allein zu lassen. Natürlich hatte sie nicht zugegeben, dass sie Angst hatte. Sie war so. Nach außen hin stark und innerlich zerbrechlich. Er war ihr Freund, auch wenn nie mehr daraus werden würde; sie brauchte ihn. Also hatte er den Frühzug zurück genommen. Auf dem Weg nach Hause besorgte er noch eine Flasche Wein, die er mit ihr heute Abend zusammen trinken wollte. In Gedanken an das kommende Wiedersehen mit Swantje versunken bemerkte er nicht, dass ihm eine Person entgegenkam. Mit Schwung lief in sie hinein. Überrascht schaute er auf und sah in Pascals Gesicht. Wie lange hatte er ihn nicht mehr gesehen, Wochen, Monate? Er freute sich: »He, schön dich mal wieder zu treffen, wie geht's dir? Was machst du denn hier?«, »Hab was zu erledigen gehabt, muss weiter, sorry«. Pascal schien keine Lust zu haben, mit ihm zu reden. Er blieb nicht einmal stehen, sondern lief schnell, während er sprach, weiter. »Na dann, vielleicht auf ein anderes Mal«. Paul wunderte sich schon über sein Verhalten; sie waren zwar nie die besten Freunde gewesen, aber das hatte er nun wirklich nicht erwartet. »Egal, wer nicht will, der hat schon«, sagte Paul zu sich selbst und lief weiter.

Als er beim Haus ankam, fiel ihm sofort auf, dass etwas nicht stimmt. Das Gatter war offen, die Vorhänge zugezogen. Das war nicht typisch für Swantje. Wenn sie auch manchmal ein wenig schusselig war, sie öffnete immer die Vorhänge und schloss das Gatter. Es war wie ein Ritual, das ihr in Fleisch und Blut übergegangen war. Eher vergaß sie, die Haustür richtig zuzumachen. Doch diese war ordnungsgemäß geschlossen. Er öffnete sie und trat ein. Sofort war ihm bewusst, dass sein Gefühl ihn nicht betrogen hatte. Umgestürzte Möbelstücke lagen auf Rosenblättern. Swantjes Zimmertür stand sperrangelweit auf. Er hörte Musik, seine Musik. Nein, lass es ihr gutgehen, bitte. Er rannte los, doch in dem Moment, als er das Zimmer betrat, verließ ihn all seine Hoffnung. Blut, viel Blut. Jemand hatte damit die Worte SCHLAMPE und GÖTTIN an die Wände geschrieben. Zerrissene Kleidung lag verstreut auf dem Fußboden, daneben büschelweise blondes Haar. Sein Blick ging rüber zum Bett. Da lag sie. Nackt, voller Blut, die Hände gefaltet und die Augen geschlossen. Er trat näher, immer noch hoffend, sie schliefe nur, und doch wissend, es war nicht so. Er beugte sich über sie, um sie aufzuwecken, sie zu schütteln. Mitten in der Bewegung stoppte er. Er sah die dunklen Flecken an ihrem Hals. Seine Augen wanderten langsam ihren Körper, der voller Blut war, herunter, stoppten bei ihrem Bauch. Jemand hatte das Wort GÖTTIN mit einem Messer hineingeritzt. Sie würde nie wieder aufwachen, sie war fort. Paul taumelte zurück und brach weinend zusammen.

Stunden später hatte er sich wieder in der Gewalt und wusste, was zu tun war. Mechanisch hatte er ihren Körper vom Blut gesäubert. Ihre Haare gebürstet. Warum hätte er die Polizei rufen sollen; das brachte sie nicht zurück. Zu spät, alles viel zu spät. Sorgsam breitete er ihre Haare auf dem Kissen aus wie einen Fächer. Dann legte er sich neben sie. Alles war vorbereitet. Ihm wurde schummerig, gut – die Tabletten begannen zu wirken. Noch einmal schaute er sie an und berührte sie zum letzten Mal, dann schloss er seine Augen. Die Ewigkeit erwartete sie beide.

Ende

Karin Pfolz

Die alte Dame und das Meer

Die alte Dame und das Meer

Der Regen fällt in Strömen vom Himmel. Dunkle Wolken schlucken das kärgliche Sonnenlicht, und der Nebel schwebt in kleinen Grüppchen über den Friedhof. Fünf verloren aussehende Trauergäste kämpfen gegen die Wassermassen und versuchen, mit den Sargträgern Schritt zu halten. Ein schwieriges Unterfangen, da diese ihren Weg fast im Laufschritt hinter sich bringen wollen.

Die alte Dame, die hier zu ihrer letzten Ruhe gebettet wird, organisierte ihr Begräbnis bis ins kleinste Detail, bevor sie diese irdische Welt für immer verließ. Nicht eine einzige Frage blieb offen, sogar die Farbe, Höhe und Brenndauer der Kerzen waren in ihrem Auftrag an den Bestatter klar angeordnet.

Hier im tiefsten Irland, wo Wichtel, Gnome, Feen und Elfen noch zum normalen, täglichen Leben gehören, ist es undenkbar, dass ein solcher schriftlicher Auftrag nicht ordnungsgemäß und bis ins kleinste Detail ausgeführt wird. Noch dazu, wo man Madam Laura nachsagt, dass sie einen besonderen Draht zu der mystischen Welt Irlands besitzt.

Dieser Auftrag liegt allerdings bereits zwanzig Jahre zurück. Madam Laura erledigte diese unangenehme Arbeit unmittelbar nach ihrem Erscheinen in dieser Gegend. Sie zahlte die dreifache Summe der Kosten eines Begräbnisses mit der besten Ausstattung. Sicherheitshalber, falls die Feenwelt nicht ausreichend ist für ein Einhalten der Anordnungen. Geld, noch dazu in bar, wirkt immer.

Aber eines müssen sich alle Beteiligen an diesem Begräbnis eingestehen. Keiner von ihnen wechselte je ein Wort mit der alten Dame. Selbst ein Bild ihres Gesichtes, oder die Farbe ihres Haares, kommt keinem von ihnen in Erinnerung. Madam Laura war ein Schatten, eine Einzelgängerin, die in selbstgewählter Einsamkeit an der Klippe lebte. Weit ab vom Dorf. Selbst die notwendigen Einkäufe ließ sie sich von auswärts liefern, damit brauchte sie das Haus nicht zu verlassen.

Warum nun aber doch fünf Menschen ihrem Sarg nacheilen, bei strömendem Regen, obwohl sie Madam Laura nie sahen?

Das ist einfach erklärt. Es steht in ihrem Testament. Wortwörtlich ist dort zu lesen, dass genau diese Personen zu ihrer letzten Reise erscheinen müssen. Tun sie das nicht, oder auch nur einer von ihnen, dann erben sie nichts. Denn die alte Dame hat eben diese fünf Personen zu ihren Erben erklärt. Warum? Das wissen nicht einmal die Erben selbst.

Das kleine Haus steht etwas erhöht, direkt an den Klippen; dort, wo die wilde Brandung das Wasser über mehrere Meter nackten Felsens gen Himmel schickt. Ein Platz, den man normalerweise nicht für sein Leben wählt. Die nächsten Nachbarn findet man erst nach mehreren Kilometern. Eine einsamere und unwirtlichere Umgebung ist wohl kaum zu finden.

Das Haus selbst sieht unscheinbar und klein aus. An der Vorderseite zur Straße befindet sich einzig die Eingangstüre, und ein winziges Fenster. Zum Meer hin bedeckt eine Front aus Glas die ganze Fläche. Insgesamt hat das Häuschen nicht mehr als zwanzig Quadratmeter. Doch unterhalb, in den Felsen geschlagen, da verbergen sich manche Geheimnisse. Einge-mauert in kleinen Räumen, verteilt auf mehreren Etagen, ist etwas, das nicht gefunden werden darf. Noch nicht.

Die alte Dame steht am Fenster zum Meer, lässt ihren Blick über die Unendlichkeit des Wassers schweifen. Sie liebt diese Weite und das Unzähmbare der Natur. Ihre Gedanken schweifen in eine ferne Vergangenheit zurück.

Wien. Eine Stadt des pulsierenden Lebens. Die Menschheit verseuchte ihre Seelen mit virtuellen Welten. Was zur Erleichterung des Tagesablaufes gedacht war, entwickelte sich in kürzester Zeit zum Fluch. Jeder ist vierundzwanzig Stunden mit dem Internet verbunden, jede Bewegung wird veröffentlicht, menschliche Kommunikation erfolgt zum Großteil digital. Nicht nur, dass kaum mehr normale Gespräche - ohne Technik - zwischen Menschen stattfinden, ist diese Art zu leben zu einer Informationsquelle für Verbrecher geworden. Doch die Menschen wollen es nicht wahrhaben und verbreiten Informationen über sich selbst und ihre Umgebung.

Der Abend zieht über die Stadt. Es befinden sich kaum Passanten auf der Straße, denn es besteht mit der Technisierung wenig Notwendigkeit dafür. Eine junge Frau schlendert gemütlich durch die menschenleere Einkaufsstraße. In Ruhe betrachtet sie die ausgestellten Kleider in den Geschäften. Irgendwie gefällt es ihr, wenn sie die Waren in natura sieht und nicht auf einem Bildschirm. Kaufen wird sie jetzt nichts, das erledigt sie über das Mobiltelefon, so erspart sie sich die Schlepperei. Sie achtet nicht auf ihre Umgebung, denn ihre Blicke sind damit beschäftigt, zwischen den Schaufenstern und dem Display in ihrer Hand zu wandern. Im Netz befindet sich ihr gesamter Freundeskreis und wartet auf Informationen über die neueste Mode. Man trifft sich ja nicht mehr persönlich. Wozu auch?

Leise sind die Schritte des Mannes, der sich den beleuchteten Auslagenscheiben nähert. Noch ist er nicht zu sehen, da seine Kleidung dasselbe schmutzige Grau hat, wie seine Umgebung. Die Sohlen seiner Sportschuhe sind aus leichtem Gummi, sodass kein Ton zu hören ist. Einzig sein rasches Atmen. Beschleunigt durch die Erregung, die ihm der Anblick des Mädchens vor den Geschäften beschert.

Die junge Frau fotografiert das »Kleine Schwarze« in dem netten Geschäft, das ihr wirklich entzückend stehen würde, und postet dieses gleich in der Gemeinschaft. Mal sehen, was die Mädels dazu schreiben. Sie ist in ihr Display vertieft. Jede Bewegung in der Umgebung ins Unmerkbare versunken.

Plötzlich wird sie von starken Händen am Hals gepackt. Zuerst nur mit leichtem Druck. Sie reißt die Hände in die Höhe, um die Fessel zu lösen, dabei fällt das Handy zu Boden und zersplittert. Der Angreifer drückt sofort fester zu - so fest, dass kein Sauerstoff mehr in ihre Lungen gelangt. In Panik schlägt sie wild um sich, kann aber den Mann nicht greifen. Ihr Körper wird nach hinten gerissen und der Druck nimmt ihr das Bewusstsein. Sie fällt leblos in die Arme des Angreifers. Er lockert den Griff etwas, denn er möchte noch ein wenig »Leben« genießen. An Leichen ist er nicht interessiert. Er muss das pulsierende Blut spüren, um zu seiner Lust zu kommen.

Seine Beute ist schwerer als er dachte. Trotzdem gelingt es ihm, sie in den nebenan liegenden Hausflur zu zerren. Mit einem scharfen Messer schneidet er die Kleidung von seinem Opfer, zieht seine Hose mit einem Handgriff hinunter und beginnt, sich an der ohnmächtigen Frau zu vergehen. Er genießt sein Treiben, ist abwechselnd zärtlich und brutal. Durch die Schmerzen erwacht die Frau aus ihrer Ohnmacht. Starrt entsetzt auf ihren Peiniger. Den Schrei, den sie ausstoßen will, erstickt er mit einem schnellen Schnitt durch ihre Kehle und gibt sich seinem Orgasmus hin.

Madam Laura steht am Fenster, leicht verdeckt durch die Gardine und schaut auf die Einkaufsstraße. Was sie sieht, ist entsetzlich, aber leider ein bereits tägliches Geschehen. Zum Eingreifen ist es zu spät, das weiß sie. Trotzdem bewegt sie sich eiligen Schrittes vom Fenster weg, nimmt ihre Jacke vom Haken und verlässt die Wohnung.

Die kleine Meldung in der virtuellen Tageszeitung beachtet am nächsten Morgen kaum jemand:
»Frauenleiche im Hausflur gefunden - vom Täter keine Spur«.

Madam Laura möchte nicht mehr in dieser Stadt bleiben. Vielleicht ist es woanders auf dieser Welt weniger grauenhaft. Wobei die Chancen sehr schlecht stehen. Sie bewohnte schon so viele Plätze dieser Erde und noch immer sieht sie keinen Ort des Friedens.
Ihre paar Habseligkeiten sind schnell verpackt, ein Flugticket und das Taxi gebucht. Keinesfalls bleibt sie einen weiteren Tag hier. Ein riesiger Koffer und eine kleine Reisetasche stehen im Flur bereit zur Abholung und Madam Laura verlässt die

Wohnung, ohne auch nur einen letzten Blick in deren Inneres zu vergeuden.

Der Wald in der Nähe eines französischen Badeortes ist kaum einen Ausflug wert. Er ist klein, verwildert und an seinem östlichen Ende befinden sich kleine, heruntergekommene Häuser. Eine Gegend, wo die ärmere Bevölkerung lebt.

Wie jeden Tag führt Julia den Hund ihrer Tante spazieren. Sie mag diese Spaziergänge nicht, die Gegend in und um den Wald ist ihr unheimlich, aber die Tante unterstützt sie finanziell und so erledigt sie den Auftrag. Der kleine Dackel ist wild und folgt kaum. Wieder ist er im Dickicht verschwunden, und Julia klettert durch das Buschwerk, um den Ausreißer zu fangen. Sie bückt sich. Gleichzeitig trifft sie ein harter Schlag auf den Kopf. Julia kippt nach vorne in die Dornen des Busches. Sie ist sofort ohne Bewusstsein. Der Angreifer wirft den Holzpflock ins Dickicht und zieht das Mädchen an den Beinen zurück auf den kleinen Weg. Hier in dieser Gegend braucht er sich nicht davor zu fürchten, dass ihn jemand entdeckt. Oft sieht man stundenlang keine Menschenseele im ganzen Wald.

Julia ist nur mit einem leichten, kurzen Kleid bedeckt, so braucht der Mann sich nicht viel abzumühen, um an die Stelle seiner Lust zu kommen. Mit einer kurzen kräftigen Bewegung reißt er ihr den Slip vom Leib. Ihren schmalen Körper packt er mit seinen Pranken und drückt ihn fest auf den Untergrund. Sie liegt auf dem Bauch, und mit seinen Knien schiebt er Julias Beine links und recht von sich. Dann befriedigt er seine Gier, dabei presst er ihr Gesicht so fest in den weichen Waldboden, dass sie erstickt.

Wie jeden Nachmittag verbringt Madam Laura die Stunden am Fenster ihres kleinen Häuschens in Frankreich. Lange wird sie hier nicht mehr wohnen, denn was sie eben beobachtete, brachte sie auf den Gedanken, wohl doch nicht in die richtige Gegend gezogen zu sein. Viel zu spät hat sie den Blick auf den Waldweg gelenkt, keine Chance mehr einzugreifen. Trotzdem dreht sie sich rasch weg vom Fenster und verlässt mit eiligen Schritten ihr Häuschen.

Noch am selben Abend packt Madam Laura ihre wenigen Habseligkeiten zusammen. Über das Internet bestellt sie ein Taxi zum nächsten Flughafen und ein Ticket für den nächsten Flug, egal wohin. Keinesfalls bleibt sie einen weiteren Tag hier. Ein riesiger Koffer und eine kleine Reisetasche stehen im Flur bereit zur Abholung und Madam Laura verlässt das Haus, ohne auch nur einen letzten Blick in dessen Inneres zu vergeuden.

Eine Meldung der Nachrichten am nächsten Morgen wird kaum beachtet:

»Unbekleidete Frauenleiche im Wald von Spaziergängern entdeckt - vom Täter fehlt jede Spur.«

Nun wird Madam Laura zu Grabe getragen. An einem Herbsttag. Es regnet und fünf Trauergäste versuchen, dem schnellen Schritt der Sargträger zu folgen. Unterdessen untersucht die örtliche Polizei das Haus an der Klippe. Madam Laura bat in einem Brief darum, dass dies am Tag ihrer Bestattung erfolgen soll. Genaue Anweisungen legte sie bei. Pläne und Listen, Orte und Menschen.

Der Keller entpuppt sich als großes Verlies, das zu einer Art Gefängnis ausgebaut ist. Die Gittertüren sind verschlossen. Hinter jeder dieser Türen steht ein riesiger Koffer, sonst nichts. An den Türen sind Tafeln angebracht. Die Erste davon trägt die Inschrift:

»Wien, 18.10.2018, Margareta Schreiber, ermordet von dem Mann im Koffer«

ENDE

Nachwort:

Nun stellen sie sich die Frage, wer sind die fünf Menschen, allesamt Frauen, die die alte Dame zu ihrem Begräbnis eingeladen hat?

Madam Laura war schon immer eine begnadete Beobachterin. Im Laufe ihres Lebens musste sie unzählige Straftaten an jungen Frauen entdecken. Aber nur bei fünf Mädchen hatte sie Glück und war rechtzeitig zur Stelle, um Hilfe zu holen und dann unbemerkt zu verschwinden. Aber deren Namen und Adressen merkte sie sich bis zu ihren Tod.

Verena Grüneweg, wurde 1965 in Norden geboren. Dort lebt sie auch heute noch mit ihrem zweiten Ehemann. Sie ist Mutter von zwei erwachsenen Töchtern. Seit vielen Jahren arbeitet sie hauptberuflich als Floristin. Das Schreiben ist ihre Leidenschaft. Ihre Geschichten und Gedichte umfassen Bereiche wie Fantasie, Erfahrungen und Frauenliteratur. Für sie sind ihre geschriebenen Worte „Seelenpflaster." Bisher wurde die Geschichte "Für alle Zeit" in dem Buch: „Eine bunte Mischung Lebensgeschichten 3" veröffentlicht.

Durch ihren Beitrag zum Gemeinschaftsbuch „Jedes Wort ein Atemzug" der Autorengemeinschaft „Respekt für Dich" wurde sie beim Karina-Verlag unter Vertrag genommen.

Karin Pfolz lebt in Wien. Sie arbeitet als Autorin und Malerin. Ihre schriftstellerische Arbeit begann sie mit Kurzgeschichten für Kinder, die 2011 und 2012 mit dem "Sparefroh-Preis- Österreich" ausgezeichnet wurden. Ihr Roman "Manchmal erdrückt es mich, das Leben" erschien in der Erstauflage 2012. Der Thriller „Du lügst dich durch mein Leben" 2014. Sie unterstützt mit ihren Büchern die "Autonomen Österreichischen Frauenhäuser", hält "Gewalt-Präventions-Work-Shops" an Schulen und spricht offen in den Medien über das "Tabu-Thema" familiärer Gewalt. Zahlreiche Fernseh- und Radiointerviews begleiten sie auf ihrem Weg gegen Gewalt. Seit 2014 ist sie Vorstandsvorsitzende des Vereins "Respekt für Dich - AutoInnen gegen Gewalt" und Geschäftsführerin vom Karina-Verlag. Karin Pfolz hat die Aktion „Jedes Wort ein Atemzug" ins Leben gerufen und das Projekt geleitet.

Veröffentlichungen:

„Manchmal erdrückt es mich das Leben", Roman

„Du lügst dich durch mein Leben", Thriller

„Die Reise der Bücher", Kinderbuch

Inhaltsverzeichnis:

Verein AutorInnen gegen Gewalt.

Wir Autoren arbeiten zusammen, unterstützen uns, lektorieren gegenseitig und prüfen die Texte unserer Kollegen und Kolleginnen. Dies alles ohne Honorar, das ist Ehrensache und weil unser gemeinsamer Weg gegen Gewalt einfach wichtig ist.

Von jeder unserer Veröffentlichungen geht ein Teil in unsere Anti-Gewalt-Projekte. Wir unterstützen Gewaltopfer und Veranstaltet an Schulen Work-Shops zum Thema Gewalt-Prävention uvm.

Auf unserer Face-Book Seite haben sich bereist über 600 Autoren, Autorinnen, Musikerinnen, Musiker, Maler und Malerinnen und einige unserer Wegbegleiter zusammengefunden. Weltweit. Und es werden täglich mehr.

Der Erlös unserer im Karina-Verlag herausgegebenen Bücher unterstützt die Autonomen Österreichischen Frauenhäuser.

Wenn Sie mehr wissen wollen, dann schreiben Sie uns:
respektfuerdich@gmx.at   oder
karina.bookoffice@gmail.com

Facebook-Seite:
https://www.facebook.com/MeinHerzSoFrei?ref_type=bookmark

Website: www.respekt-fuer-dich.org

Österreichischen Autonome Frauenhäuser

„Kampagne zur Verhinderung von Gewalt an Frauen und Kindern"

Gewalt an Frauen passiert täglich und in allen Kontexten – im öffentlichen Raum, der Arbeitsstelle, Zuhause oder innerhalb einer Partnerschaft. Vor allem bei häuslicher Gewalt sind Kinder direkt oder indirekt immer mit betroffen. Damit jede Frau das Recht auf Gewaltfreiheit leben kann, braucht es Veränderungen und ein Umdenken der Gesellschaft.

Die Kampagne GEWALT*FREI* leben – koordiniert vom Bundesministerium für Bildung und Frauen und vom Verein Autonome Österreichische Frauenhäuser (AÖF) in Kooperation mit der Bundesjugendvertretung (BJV) und der Wiener Interventionsstelle gegen Gewalt in der Familie – möchte in den Jahren 2014 und 2015 Präventionsarbeit in vielen gesellschaftlichen Bereichen leisten und die Frauenhelpline gegen Gewalt (0800 222 555) bekannter machen.

Mit Ihrer Mitwirkung an GEWALT*FREI* leben leisten Sie einen wichtigen Beitrag zur Verhinderung von Gewalt an Frauen und Mädchen – wir freuen uns auf eine gute Partnerschaft!

Kontakt: Frau Laura Schoch: laura.schoch@aoef.at

Neuerscheinungen 2014 im Karina-Verlag:

„Das Diktat des Durschnitts", von Rudi Treiber

Der Musiker, Maler und Autor zeigt erstmalig seine Werke in Buchform. Mit seinen geschriebenen Worten zeigt er die Fehler, Irrtümer und Irrglauben seiner Mitmenschen auf. Nimmt sich kein Blatt vor den Mund, um seine Meinung zu vertreten. Begleitet werden seine Texte mit Kunstdrucken seiner Bilder, die er ehrlich und mit der Seele malt, ohne dem Diktat der Masse zu folgen. Rudi Treiber versucht ein ehrlicher, gerechter Mensch zu sein und das zeigt er – vor allem in

seinem künstlerischen Wirken. Die Texte sind lebensnahe, bissig und ironisch, doch leider viel zu wahr um spekulativ zu sein. Die Worte Treibers lassen niemanden kalt und erhitzen so manchen.

CD „zeitvertreiber" erscheint Nov. 2014

„Jedes Wort ein Atemzug"
Buchserie der AutorInnen von „Respekt für Dich"

Ein gemeinsames Buchprojekt gegen Gewalt, imitiert von der Österreichischen Autorin Karin Pfolz, soll den gemeinsamen Weg Europas gegen Gewalt zeigen. 143 Autorinnen und Autoren aus ganz Europa beteiligten sich daran. Der Erlös aus den Büchern fließt in die Gewaltopferhilfe.

„Mit diesem Buchprojekt wird die Idee der Europaratskonvention unterstützt, wonach Gewalt an Frauen und Kindern kein Tabuthema mehr ist", so Gisela Wurm (Vizepräsidentin des Europarates und Vorsitzende des Ausschusses für Gleichbehandlung und Nichtdiskriminierung). Die Bücher sind ab Oktober 2014 europaweit im guten Buchhandel erhältlich.